天《あま》方《がた》家《け》女中のふしぎ暦《こよみ》

黒崎リク

PHP
文芸文庫

○本表紙デザイン＋ロゴ＝川上成夫

天方家《あまがたけ》女中のふしぎ暦《こよみ》

序章

「結月《ゆづき》、今週中に家《うち》から出て行っておくれ」

目の前に座った野宮《のみや》家の奥様は、厳しい顔でそう告げた。

結月は特に驚きはしなかった。きっと言われるだろうと分かっていたからだ。

恨みや怒りは無い。むしろ、血の繋がりも何も無い自分を引き取り、今まで養ってくれたことに感謝している。

結月は十歳の時、野宮家に引き取られた。

元々、結月は幼い頃から、母と共に各地を転々としながら生活していた。生まれ故郷や母以外の家族の記憶はほとんど無い。その母が亡くなり、路頭に迷っていた結月を引き取ってくれたのが、滞在していた村の有力者である野宮家だった。

縁もゆかりも無い自分を女中として家に置いてくれて、かれこれ六年も世話になったのだ。恨むどころか、こんな事態になったことを申し訳なく思う気持ちの方が大きい。

……とはいえ、欲を言えば、結月は野宮家――この小さな村で静かにひっそりと生きていければと願っていた。

その状況が変わったのが、二週間前だ。

春の休暇で帰ってきた秀一《しゅういち》――野宮家の長男である彼が、結月に告白をしてきたのだ。

秀一は野宮家の跡取りであり、結月より三つ年上の青年である。今春、無事に高等学校を卒業し、東北帝国大学への進学が決まっている優秀な若者で、野宮家、否、我が村の誉《ほまれ》と評判だ。

結月が野宮家に引き取られてすぐの頃、他の使用人よりも秀一と歳が近かったこともあり、彼の話し相手や身の回りの世話をすることが多かった。その後、秀一が高等学校の寮に入ってからは疎遠《そえん》になりつつも、休みで帰省する折《おり》に土産をもらったり、近くの町まで買い物に連れて行ってもらったりと、親切にされることは度々あった。他の者に比べれば、確かに仲の良い方ではあったと思う。

朗《ほが》らかで優しい秀一に対して結月も好意は抱《いだ》いていたが、それは決して恋慕の情ではなかった。頼れる兄のように思っていただけだ。

だから、秀一に告白されて一番驚いたのは当の結月だった。もちろん、結月は彼の申し出を大慌てで断った。大恩ある野宮家の大事な嫡男《ちゃくなん》だ。身分は弁《わきま》えている。

しかし、秀一は諦めなかった。

頑《がん》として首を縦に振らない結月に痺《しび》れを切らしたのか、あるいは外堀を埋めようとしたのか。先日ついに、結月を娶《めと》りたいと両親に宣言したらしい。

自慢の息子が、使用人――しかもどこの生まれとも知れぬ娘に懸想《けそう》していると知った旦那様と奥様は、慌てて秀一を窘《たしな》めた。

そうして秀一が諦めないと分かるや、結月に矛先が向いたわけだ。


「……あの子は頑固だから、こうでもしないと……。お前には、本当に悪いと思うけれども」

眉を顰《ひそ》めて嘆息する奥様は、小さな巾着袋と薄い封筒を差し出してくる。

「今月分の給金と、東京までの汽車代だよ。都会に出れば、こんな田舎よりよほど働く場所はあるだろうからね。紹介状も書いておいたから」

「ありがとうございます」

結月は礼を言って受け取った。

さほど重くはないはずなのに、それらをずしりと重く感じるのは不安のせいだろうか。口を引き結んで目線を落とす結月に、奥様は謝ってくる。

「……すまないね、結月」

「そんな、奥様。この度はご迷惑をおかけして申し訳ございません。ここまでして頂いたこと、本当に感謝しております」

本来なら、罵倒されて着の身着のまま放り出されても仕方ない身分だ。ただの使用人の行く末を気にかけてくれたことだけで十分に有難い。

急いで首を横に振った結月に、奥様は申し訳なさそうに眉尻を下げながらも、どこかほっとした色を目に浮かべていた。

大事な跡取り息子の憂《うれ》いごとが無くなったからか。それとも――。


『あの子、何だか気味が悪いんだもの。何も無いところを見つめてたり、急に青ざめたりしてさ』

『イチコだったか、イタコだったかねぇ。あの旅回りの母親譲《ゆず》りなんだよ』

『よく働くし、悪い子じゃないんだけどね……。厄介者を引き取って、奥様も大変だよ』

結月のいないところで、女中仲間が交わしていた会話が脳裏によみがえる。

そう、秀一のことが無くとも、いつかはこの家を出されていたかもしれない。

己が持つ、他の人には無い奇妙な力のせいで――。

結月は畳に両手をついて、深く頭を下げた。肩から垂れたおさげ髪が、畳に付く。胸元にいつも下げているお守り袋が、着物の下でかすかにずれた。

「……長い間、お世話になりました」

結月は、奥様の視線と、その後ろに佇《たたず》むずぶ濡れの若い女性――旦那様の妾《めかけ》で十年前に亡くなったという死者の虚《うつ》ろな視線を感じながら、別れの挨拶を告げた。

第一章　奥様は幽霊

春、四月の初め。住み慣れた村を離れ、汽車で半日以上かけて結月《ゆづき》がたどり着いたのは、大日本帝国の帝都・東京だった。

先の大震災で壊滅状態にあったという帝都は見事復興を遂《と》げ、一週間にもわたる復興祭が開かれたのはつい先日のことらしい。

「もうちょっと早く来てれば、お嬢ちゃんも花電車見れたのにねぇ」

職業紹介所の場所を尋《たず》ねた結月に、親切にも道案内をしてくれた恰幅《かっぷく》の良い女性は、道すがらそう言ったものだ。

「はなでんしゃ、ですか？」

「花やら電球やらがいっぱい飾られた、派手な市電だよ。昼間もよかったけど、夜はこう、ぴかぴか星みたいに光ってねぇ。夢みたいに綺麗だったもんさ」

うっとりと目を細めて語る女性だったが、結月はちっとも想像できず、首を傾《かし》げることしかできなかった。

そもそも、市電──街の中を走る路面電車すら初めて見たのだ。汽車には何回か乗ったことがあったものの、市電は初めてで、乗り方が分からず右往左往したものだ。

市電だけではない。朝方に東京駅を降りたってから驚くことばかりだ。

赤い煉瓦《れんが》造りの豪奢《ごうしゃ》な駅に、道の両側に立ち並ぶ石造りの大きな建物。広い道を走るのは、村では数台しか見なかった車。膝丈のスカートの裾《すそ》を翻《ひるがえ》し颯爽《さっそう》と歩くモダンガールに、背広を着て帽子《ぼうし》を被って巻き煙草《たばこ》を吹かすモダンボーイ。大きなガラス張りのカフェーの店内を覗《のぞ》けば、活動写真で見た遠い異国を思わせる光景が広がっている。

初めて田舎から都会へ出てきた結月は、目の前に広がる世界に戸惑《とまど》うばかりだった。

行き交う人の多さに目を回しそうになる中、ようやく職業紹介所に着いたときには昼を回っていた。

紹介所の一室に通された結月は、野宮《のみや》家からもらった紹介状を緊張した面持ちで差し出した。眼鏡をかけた洋装の男性職員が、文面を見ながら尋ねてくる。

「若佐《わかさ》結月さん、ですね。歳は?」

「十六になります。以前は、野宮様のお屋敷で奉公しておりました。できれば同じように、住み込みの女中の仕事を探しているのですが……」

「ああ、女中なら引く手数多《あまた》ですよ。最近は短い期間で辞める子が多くって……と、失礼」

職員は軽く咳払いして、話題を変える。

「ところで、若佐さんはご両親が亡くなられているんですってね？　ご家族は他にいます？　郷里《さと》はどこ？」

「身内と呼べるものはおりません。その……物心つく前に里を離れたので、分からないです」

正直に答えれば、職員はふむと考えるように顎《あご》に手を当てる。

元々、女中奉公は、若い女性が嫁入り前に親戚や知人の家に住み込んで家事を教わる、いわば花嫁修業のようなものである。なので、身元がしっかりとした縁故関係の者を雇うのが普通で、結月のように無縁の者を受け入れた野宮家の方が珍しかった。

縁故関係が強い田舎では、女中仕事を探すのは難しい。しかし近年、都会では女性の社会進出がさかんで、職業を斡旋《あっせん》するための訓練所や紹介所もあるという話を、野宮家の奥様から聞いていた。

身元は確かでなくとも、六年間奉公していた経験はあるし、奥様の紹介状もある。都会でなら女中仕事に就けるのではないかと結月は考えていたのだが、ふと不安になった。

――無理だったらどうしよう。別の仕事を探すしかないのかしら。

仕事は女中だけでなく、店員や工場で働く女工など他にもある。だが、結月は大勢の人間が集《つど》う場所をできるだけ避《さ》けたかった。

結月は膝の上の風呂敷包みをぎゅっと握りしめながら尋ねる。

「……あの、何か問題があるでしょうか？」

「ああ、いえいえ。まったく問題ありませんよ。ちゃんと紹介状もありますし」

不安そうな結月に、職員はにこやかな笑みを見せた。そして、「ちょっと待っていて下さいね」といったん部屋を出ると、大きな封筒を持って戻ってくる。

「ちょうどいいお宅があるんですよ。郊外にあるので、ここからはちょっと遠いんですけれどね。最近女中が辞めたばかりで、急ぎで探しているそうで。いかがです？」

「は、はい！　もちろん、ぜひともお願いします」

封筒から書類を取り出す職員に、結月は一も二もなく頷いた。

おさげ髪の地味な着物を着た少女を見送る職員に、声が掛かる。

「先輩、よかったんですか？」

「ん？　何が？」

　職員が振り返ると、後輩の若い青年が眉を顰《ひそ》めていた。職員は巻き煙草を手にし、マッチで火を点《つ》けながら答える。

「紹介状はあったし、話した感じも真面目そうな子だったし。斡旋しても問題は無いだろ」

「そこじゃありませんよ。彼女に薦《すす》めた『あの家』のことです」

　先ほど少女に仕事先を薦める際、この後輩に『あの家』の書類を出してもらっていた。だから気になるのだろう。

　責めるような視線を向けてくる後輩に、職員は煙草に口を付けて赤い火を点《とも》し、紫煙を吐き出した。

「なに？　お前、あの子のこと気に入ったの？」

「えっ⁉　なっ、何でそうなるんですか⁉」

「まあ、確かに色白でけっこう可愛い子だったけどな。イモっぽい純朴そうなところもいいし。磨《みが》けば光るかもなぁ、ありゃあ」

「先輩！　茶化《ちゃか》さないで下さいよ」

　頬《ほほ》を赤くして怒る後輩に、職員は唇の端を上げる。眇《すが》めた目で後輩を見やった。

くんだよ。たぶん」
「毒を以《もっ》て毒を制すって言うだろ？　訳ありには、訳ありを宛《あて》がった方が上手くい
「……だからって、何も知らない子に〝あの家〟を紹介するなんて、ひどいじゃあ
ありませんか。あそこ、この三か月で四人も女中が辞めているんですよ？」
後輩の咎《とが》める声に、職員は肩を竦《すく》めた。
「仕方ないだろ、こっちだって〝あの家〟には困らされていたんだからな」
都市部の若い娘の間に噂が広がるのは早い。特に、悪い噂であればあるほど。
『あの家、奇妙なことばかり起こるのよ』
『気味が悪いわ。あんな家で働くなんてごめんよ』
噂が広まれば、件《くだん》の家を薦めても断られ、なかなか新しい女中が見つからない。
すでに前の女中が辞めて三週間が経ったところに、丁度あの子が来た。
田舎から出てきて、事情を何も知らない娘が。
親戚もいない、故郷も無い。どこか訳ありの少女は、必死に職を探しているよう
だった。
「……帰る家が無けりゃ、そうそうすぐには辞めないだろ」
仕事は親切心ばかりではできない。職員は打算を多く含み、先ほどの少女に厄介《やっかい》
な仕事先を紹介、もとい押し付けたのだ。

先輩職員の意図に気づき、後輩は溜息を零《こぼ》す。「またすぐに辞めても知りませんよ」と言い残して、自分の机へと戻っていった。

残された職員は窓に近づき外を見やる。

罪悪感は無いが、達者でやれよと健闘を祈る気持ちくらいはある。そう思って少女を探したが、雑踏の中に姿を見つけることはできなかった。

＊＊＊

慣れない市電に乗って向かったのは、賑《にぎ》やかな都心から離れた郊外の暁町《あかつきまち》。

『暁南《あかつきみなみ》』と書かれた停車場に降りれば、石造りの建物や車ばかりの都心と違い、緑の生垣が続く閑静な住宅地が広がっている。

紹介所でもらった簡単な地図と番地を頼りに、結月は目的地へと向かう。

途中迷いながらも着いたのは、周辺の住宅と同じような、緑の生垣に囲まれた一軒家だった。

三角屋根の二階建ての建物は、村では見ることの無かった洋風の文化住宅だ。灰色の屋根瓦に、明るい生成《きな》り色の壁。白い扉や窓枠が明るい印象を与える。

綺麗な、ごく普通の家のように見えた。

結月は家を見上げながら首を傾げる。何しろ、ここに来る途中、道を尋ねた老婆に怪訝《けげん》そうな顔をされたからだ。

『お嬢ちゃん、あの家に行くのかい？　やめといた方がいいと思うけどねぇ』

意味ありげな老婆の言葉に、結月の不安は増した。

いったいどんな家なのだろうかと重い気持ちを抱えていたが、いざ着いてみれば拍子抜けしてしまう。洋風の家は結月の目に珍しく映ったものの、特に奇妙なところは無いように見えた。

さっきの老婆はなぜあんなことを言ったのか。気に掛かりながら、おそるおそる家に近づく。門柱には、『天方』と墨で書かれた木の板がかけられていた。

あまがた、と読むらしい。

天方家《あまがたけ》――ここが、紹介所で教えてもらった家だ。

紹介所の職員から聞いた話では、三か月ほど前から、この家の若い奥様が身体を壊し、遠くの里で療養しているらしい。家に残った父と息子だけでは家事が回らず、女中を探しているそうだ。

……どんな家かはともかく、しっかりお勤めできるよう頑張らなくては。

結月は胸に下げているお守り袋を、着物の上からそっと押さえた。

亡き母が作ってくれた手製のお守りだ。怖い思いをした時も、悲しくて辛い時も、これに触れれば母が側で守ってくれているような安心感を与えてくれた。

深呼吸して気持ちを落ち着かせ、門扉《もんぴ》に手を掛けようとした時だ。鼻を掠《かす》めた不思議な香りに、結月は手を止める。

門柱の横に括《くく》りつけられた竹の花入れに一輪、大きな白い花が生けてあった。紙のように薄い花弁が幾重《いくえ》にも重なった、繊細で美しい花だ。手のひらほどの大きさがあり、牡丹《ぼたん》や芍薬《しゃくやく》に似ている。

よく見ると、それは薄い和紙で作られた造花だった。紙のようではなく、本当の紙だった。すがすがしく、どこか懐かしさを感じる香りに誘《いざな》われるように、結月は白い紙の花へと顔を近づける。

鉄格子《てつごうし》の門扉は胸ほどまでの高さで、身を乗り出した際に前庭を覗くことができた。

緑の芝が植えられた庭の一角には、一人の婦人が立っていた。

ほっそりとした柳のような肢体《したい》に、明るい黄色の地の着物を纏《まと》っている。白い花が大胆に描かれたモダンな柄で、黒地の縞《しま》の帯が映《は》えていた。

婦人は家の壁に沿って作られた花壇の花を愛《め》でているようで、楽しそうな足取りで芝を歩いている。

ふと、婦人が足を止めた。透けるような白さの顔が結月のいる門の方へと向けられ、目が合った。

潤《うる》んだ黒目がちな目は、眦《まなじり》が垂れて優しげだ。小ぶりの形の良い鼻と、赤く紅を差した小さな唇。整った容貌は美しくもどこか無垢《むく》で少女めいており、愛らしさの方が先立つ。

艶《つや》やかな黒髪は耳元で緩やかにウェーブして、後ろでまとめられていた。野宮家の女中仲間が持っていた雑誌に載っていた、耳隠《みみかく》しという流行の髪形だ。

婦人は結月に気づき、「どなた？」と小首を傾げる。

結月ははっと我に返って、慌《あわ》てて身を引いた。

「す、すみませんっ！」

焦《あせ》って頭を下げる結月に、婦人は庭を横切って近づいてくる。

「あら、あなた……」

「申し訳ありませんっ。勝手に覗いてしまって……大変失礼いたしました！」

これからこの家に勤めるというのに、最初から不躾《ぶしつけ》な真似《まね》をしてしまった。雇ってもらえないかもしれないと青ざめる結月であったが、門の向こうの婦人に怒った様子は無い。むしろ、ぱぁっと嬉しそうに顔を輝かせた。

「あなた、もしかして、新しく来て下すった女中さん？」

「は、はい、そうです」

「まあ！」

婦人はぱんっと両手を合わせて、結月に満面の笑みを向けた。

「嬉しいわ！　あなたのような子が来てくれるなんて。さあさあ、どうぞ。入って入って！」

婦人は嬉しそうに、庭から手招きをする。

庭にいるのだから、この婦人は天方家の家人だろう。身なりや口ぶりからすると奥様だろうか。

しかし紹介所の話では、奥様は療養中で家にいないはずだ。もしかすると、すでに病気が治って帰宅しているのだろうか。あるいは、親戚の婦人が手伝いに来ているのかもしれない。

結月は戸惑《とまど》いながらも、招きに応じて門扉を開く。

すると、門柱横の白い花が風も無いのにわずかに揺れた。花びらが一枚落ちるのを見て、婦人は微笑《ほほえ》む。

「悪いものが落ちたのね。もう大丈夫よ」

花びらが落ちるのは良いことなのだろうか。綺麗な花だから、少し勿体なく思えてしまう。結月は地面に落ちた花びらを探そうとしたが、大きく目立つ白い花弁はいつの間にか無くなっていた。

それに構わず、前に立つ婦人が「こちらよ」と呼んだ。

芝生に作られた石畳の道の先に石の階段が二段あり、屋根の付いた玄関ポーチがある。上半分に歪みガラスがはめ込まれた白い玄関扉を開けようとした婦人は、思い出したように手を止めた。

「そうそう、鍵が掛かっていたんだわ。ちょっと待っていてね」

言うなり、婦人は消えるようにさっと走り去ってしまう。一人残された結月であったが、十秒も経たぬうちに、がちゃりと鍵の開く音がした。

「どうぞ、お入りくださいな」

開いた扉の向こうには広い玄関ホールがあり、板張りの廊下に先ほどの婦人が佇んでいる。裏口から家に入ったのだろうか。ずいぶんと足の速い人だ。

療養が終わったばかりにしては元気そうだから、奥様とは違うのかしら。考えながらも、結月は「失礼いたします」と中に入った。

タイルが敷《し》かれた玄関で草履《ぞうり》を脱いで、廊下に上がる。廊下は玄関から正面にまっすぐ伸びており、両側に扉が幾つか並んでいた。婦人は、左の一番手前の部屋に結月を案内する。

そこはモダンな洋室であった。

床に花柄の絨毯《じゅうたん》が敷かれ、どっしりとしたテーブルの周りに大小のソファーが並んでいる。壁の二面には大きなガラスの窓があり、陽光が差し込んで明るい。窓が無い壁側には、本棚や飾り棚が置かれ、天井には豪華なガラス製のシャンデリアが下げられていた。

「好きなところにおかけになって」

「は、はい」

婦人に促《うなが》されて、結月は扉近くの一人掛けのソファーに浅く腰掛けた。革張りの弾力ある座り心地は初めてで、緊張が増して背筋が強張《こわば》る。

婦人は向かいのソファーにゆっくりと腰を下ろし、結月を見てにこにこと笑う。

「そんなに緊張しないで。ああ、そうだわ。自己紹介がまだだったわね。私、閑子《しずこ》というの。よろしくね」

「わ、私は若佐結月と申します。紹介所で教えて頂いてこちらに参りました。……あの、閑子様は、天方様の奥様でいらっしゃいますか？」

尋ねると、閑子はぱちりと目を瞬かせた後、頬に手を当てて身を捩《よじ》らせた。

「まあ、奥様だなんて！　何だか照れるわ」

彼女は照れながらも、「ええ、そうよ、私、天方の妻なの」と嬉しそうに答えた。

その後は、「何歳かしら？」「どこから来たの？」「まあ、東京は初めて？」と結月に矢継ぎ早に尋ねてくる。

結月は答えながら、閑子をそっと見やった。

この婦人が、天方家の奥様。元気そうな様子を見る限り、すでに病気は良くなられているようだ。だが、そうなると女中を雇う必要は無いのではないだろうか。早々にお役御免になってしまうのだろうか――。

結月が少し不安を覚えていると、閑子は「あら」と慌てて立ち上がった。

「嫌だわ。私ったら、お茶もお出ししないで。ごめんなさいね、すぐに用意するから」

「いえ、奥様にそんな手数をおかけするわけには参りません。よろしければ私が……」

「あら、いいのよぉ。遠いところから来たばかりで疲れているでしょう？　甘いお菓子も買ってあったはずだから、持ってくるわね。どら焼きは食べたことある？　三嶌《みしま》屋さんのどら焼き、美味しいのよ」

中腰になった結月に座るよう手ぶりで示し、閑子はうきうきと弾むように部屋を出て行ってしまう。

一人残されてしまった結月は、閑子の後を追いかけるか否か迷い、結局大人しくソファーに腰を落とした。

閑子を待つ間、結月は不躾だと分かっていながらも室内を見回した。洋室が珍しかったからだ。

以前住んでいた村の家のほとんどは、日本家屋で畳敷きの部屋だった。新しいもの好きの野宮家の旦那様は、広い座敷に絨毯を敷き、テーブルやソファーのセットを並べて西洋風にしていたが、ちゃんとした洋室を見るのは写真や絵、トーキー映画の中くらいである。

大きな窓の下には布張りの長椅子が備え付けられて、いかにも心地良さそうだった。華やかな刺しゅうが施された洋風座布団《クッション》や、窓ガラスに嵌《は》め込まれた赤や黄色の鮮やかな色ガラスの美しさに、結月は見惚れてしまう。まるで映画の中に入ったような心持ちだ。

夢見心地のままテーブルに視線を戻した結月は、艶のある天板にうっすらと埃《ほこり》が積もっていることに気づいた。

よくよく見れば、ソファーの肘掛けや棚の上も少し白っぽくなっている。今まで緊張していて気づかなかったが、室内の掃除がされていないことが知れた。

もしかすると、閑子は療養先から戻ってきたばかりなのだろうか。元気そうに振舞っていたが、まだ体調が良くないのかもしれない。

そういえば、彼女が部屋を去ってから十分以上経っている。もしや、お茶の準備中に何かあったのではないだろうか。

結月は心配になって席を立ち廊下に出たものの、はたと気づく。台所の場所がわからない。おそらくは玄関とは反対の方、廊下の奥にあるのだろうが、だからといって勝手に家の中をうろつくのも憚《はばか》られた。

薄暗い廊下の真ん中で立ち止まっていると、背後の玄関で物音がした。がちゃがちゃ、と扉のノブが数回回る音。振り向くと、玄関扉のガラス部分に人影が映っている。きぃ、と軽い音を立てて扉が開いた。

「どうして鍵が……」

不思議そうに呟《つぶや》きながら入ってきたのは、学生服姿の少年だった。

線の細い身体に紺色の詰襟の学生服を着て、同色の学生帽を被っている。手提《てさ》げ鞄を小脇に抱え、藤色の長い袋を手にしていた。剣道を習っていた秀一《しゅういち》も持っていたものだ。おそらく竹刀《しない》の袋だろう。

少年の背丈は結月とほとんど同じくらいだった。帽子で顔はよく見えないが、白く丸い頬は幼く、年下のように思えた。

少年は廊下に佇む結月にすぐに気づいたようだ。学生帽の庇《ひさし》の下、影になった目元から、強い視線を感じる。

「……あなたは誰？　勝手に人の家に入り込んで、何をしているの？」

――人の家。彼もこの家の住人だ。

紹介所で聞いていた天方家の息子だと分かり、結月は咄嗟《とっさ》に頭を下げた。

「お、おかえりなさいませっ」

「あなたにそう言われる筋合いは無い」

「あ、ええと……」

「もう一度聞くよ。あなたはどこの誰で、どうやって家の中に入ったの？　目的は何？」

少年は淡々とした口調で詰問《きつもん》しながら、靴のまま廊下に上がった。ぎしり、と床板が音を立てる。鞄を床に放《ほう》った彼は、竹刀の入った袋を結月に突きつけるようにして近づいてきた。

剣呑《けんのん》な空気に、結月は慌てて答える。

「わっ、私、若佐結月と申します！　こちらのお宅で女中を探していると、紹介所で教えて頂いて伺いました。家には、奥様が入れて下さったんです」

「奥様？　……誰のこと？」

「え？　あの、閑子様ですけれど……」

戸惑いつつ答えた結月に、少年は立ち止まる。

距離が近づいたおかげで、彼の顔がよく見えた。

細面の顔に、凜々しい切れ長の目。通った鼻筋と薄い唇が綺麗に納まっている。

人目を引きそうな、人形のように整った風貌の少年であった。

少年は結月の答えに驚いたように目を見開いていたが、やがて眉を顰《ひそ》めた。

「……母は、今はいないよ」

「え……？」

今度は結月が驚く番だった。狼狽《うろた》えながら言葉を続ける。

「そんな、だって、お庭におられましたよ。黄色の小袖《こそで》に、黒い帯の綺麗なご婦人です。鍵を開けて入れて下さって、そちらの部屋でお話もしました。今はお茶の用意をして下さってて……」

しどろもどろになる結月に、少年は眉間《みけん》の皺《しわ》を深くした。やがて、構えていた竹刀の袋を下げて、溜息を零す。

「……あなた、まさか〝見えている〟の？」

「っ……」

見えている――。

少年の言葉に、結月はどきりとする。

何が見えているのか、と聞き返すことができない。

だって、そんな――まさか。

頭から、さあっと血の気が引いていく。少年は顰《しか》め面のまま、結月の背後を見ていた。後ろから声が響いてくる。

「まあ、帰っていたのね、漣《れん》くん」

朗《ほが》らかな声に、結月は恐る恐る振り返る。

暗い廊下の奥に、黄色の着物を纏った婦人がいる。滑《すべ》るような足取りで、こちらに向かってくる。

「ちょうど良かったわ。やっぱりこの身体じゃあ、お湯ぐらいしか沸《わ》かせなくて。お茶を用意できなくて、困っていたところなの。……あら、結月ちゃん。ごめんなさいね、長く待たせてしまって」

歩くよりもずっと速い速度で、飛ぶように目の前に来た彼女は、結月の背に手を当てる。

しかし、その手は温かな感触を伝えることはなく、氷のように冷たい空気が流れただけだった。

「さ、すぐ用意するから、座って待っていらして」

「……」

そういえば、彼女は歩くときに足音を立てない。

結月が見下ろした先。閑子の着物の裾から覗く白い足袋はうっすらと透けて。

宙に、浮いていた。

＊＊＊

結月は、普通の人には見えないものが見える。

それは三日前に亡くなった者であったり、床《とこ》に臥《ふ》せって起きられないはずの者であったり。すでに朽《く》ち果てて消え失せた建物だったり、合戦があったとされる空き地に残る血だまりだったり。

時には、枝の上のスズメが喋るのを聞き、空を魚がぷかぷかと泳ぐのを見たりすることもある。

そして時には、触れたものの記憶まで見えることもあった。赤い手鞠《てまり》の持ち主だった幼い子が池で溺れ死んだことや、古びた簪《かんざし》が薬代のために泣く泣く売られたことまで知ってしまう。

この妙な力は、母譲りのものだ。

各地を旅して回っていた母は、『梓巫女《あずさみこ》』と呼ばれる者であった。神社には属さず、各地を渡り歩く巫女のことだ。イタコやイチコと呼ばれるときもある。梓弓《あずさゆみ》と呼ばれる、梓の木で作られた小さな弓を使用して口寄せや託宣《たくせん》、厄払いなどの呪術を行っていた。

そんな母の血を色濃く継いだ結月は、幼い頃からいろいろなものが見えて、声を聞くことができた。

それらは虚ろな目で、じっとりと結月を見てきた。すべてを憎むようにぶつぶつと怨み言を呟いたり、何かを訴えるように叫んだりしていた。声を掛けられて驚かされるだけでなく、襲われることもあって、幼い結月は泣いて逃げ惑ったものだ。

母がいた頃はそれらを追い払ってくれたから良かったが、亡くなってからは結月を守ってくれる者はいなくなった。そして、結月の力を理解してくれる者も。

野宮家に引き取られてからは、母の言いつけを守り、できるだけそれらを見聞きしないようにした。もっとも、すべてを避けることはできない。いきなり悲鳴を上げ、顔を青ざめさせて逃げ出す結月を、周囲は胡乱《うろん》な目で見てきたものだ。

母が梓巫女であることは村の皆が知っていたため、結月の持つ奇妙な力も知られることになった。使用人の噂話や、お使いに出たときに感じる村人達の視線は、好意的なものではなかった。同じ年頃の子供達からは散々にからかわれ、遠巻きにされた。

それでも、野宮家や村の者達は、親を亡くし帰る場所も無い結月を追い出すことまではしなかったから、あの村で暮らすことができたのだ。

結月は、母や自分が持つ力が普通の人達に恐れられ、疎《うと》まれることを知っている。

梓巫女の母と共に旅する中で、立ち寄った村の人々に罵倒されたり、石を投げられ追い立てられたりすることもあった。小さい頃、最初は仲良くしてくれた子が結月の力を知って怖がり、避けられるようになって幾度も悲しい思いをしたものだ。

だから、野宮家から出ることがあれば、この力のことを隠そうと結月は決めていた。人の集まる場所をできるだけ避けて、ひっそりと生きていければいい。

力のことを知られたら、きっとそこに居られなくなるから——。

まさか、こんなにすぐに知られてしまうなんて。

己の失敗に、結月は顔を強張らせた。首筋に鳥肌が立ち、胸元で握った手に冷や汗がにじんだ。あまりの緊張で気持ちが悪くなり、強い眩暈《めまい》に襲われる。

閑子が、普通の人の目には見えないもの……『幽霊』だなんて、結月はまったく気づかなかった。

朗らかで明るく、暗い陰も恐ろしい気配もまったく無い。こんなに陽気な幽霊は初めてだ。閑子が幽霊であることが、まだ信じられない。

だが、背中に当てられているはずの手の感触が無いことや、足音がしないこと。そして、透けて浮いた足。それらは彼女が生きた人間でないことを示していた。

「……あら、結月ちゃん、どうしたの？　大丈夫？　顔色が悪いわ」

心配そうな閑子の声が聞こえるが、緊張と混乱で頭がいっぱいの結月は答えることができない。

青ざめた顔の結月の傍《かたわ》らで閑子は少年――漣を見やり、ぷんぷんと怒ったように言う。

「もうっ、漣くん！　竹刀なんか持って、結月ちゃんに何をしたの？　怖がっているじゃないの。女の子を怖がらせちゃ駄目でしょ！」

「怖がらせているのは母さんの方じゃないの？」

腰に手を当てて怒る閑子に対し、漣の冷静な声が返される。

「だいたい、父さんや僕が居ないときに、なんで勝手に他人を家にあげるの。父さんからまた怒られるよ」

「だって、新しい女中さんがやっと来てくれたのよ。追い返したりしたら失礼じゃない」

「どこかで待ってもらえばいいだろ。近くに喫茶店《カフェー》もあるんだし。……この人、見えるだけじゃなくて、声も聞こえているんでしょ？」

「ええ！　そうなの、こんな子が家《うち》に来てくれるなんて、私、嬉しくって、つい……あ！　そうそう、それにね、私のこと『奥様』って呼んでくれたのよ！」

うふふ、いいでしょ、と閑子が頬を染めて笑む。

対して漣は「奥様って柄じゃないでしょ」と冷たく返した。

「……？」

そこでようやく結月は気づいた。漣と閑子が、普通に会話していることに。

はっとして二人を見ると、漣は閑子に向き合って厳しい表情を浮かべていた。

「母さん、自分が霊体《れいたい》だってこと、ちゃんと自覚してよ。いくら相手が母さんを見てくれるからって、どんな人間かも分からないのに、気軽に声を掛けたらいけないよ」

「だって……感じの良さそうな子だったんだもの……」

しゅんと閑子が肩を落とすが、漣は表情を緩めない。声を掛けづらい状況ではあったが、結月は思い切って「あの」と声を掛けた。

閑子と漣が同時に振り向く。二人に見つめられた結月はたじろぎつつ、掠《かす》れた声で尋ねる。

「奥様は、その……幽霊、なのですか……？」

「ええ、そうなの」

あっさりと頷いた閑子が、照れたようにはにかむ。照れるところじゃないでしょ、と漣は呆れ顔だ。

結月は、今度は漣を見やった。彼もまた、切れ長の目で結月をじっと見てくる。

観察するような目だった。

「……あなたも、奥様のことが〝見えている〟のですか？」

躊躇《ためら》いながらの結月の問いに、漣は「何をいまさら」と顔を顰《しか》める。

「聞かなくても分かるでしょ」

「そ、そうですね……」

相槌《あいづち》を打ちながら、目の前が徐々に暗くなるのを感じる。

張りつめていた糸が、ぷつりと切れたような感覚だった。極限に達した緊張が呆《あっ》気《け》なく解けたことで、結月の身体から力が抜けた。

ぐらぐらと視界が揺れ、まずいと思う前に膝の力が抜ける。

「……えっ？　ちょっと、あなた⁉」

「結月ちゃん⁉」

二人の焦った声を遠くに聞きながら、結月は廊下に崩れ落ちた。

＊＊＊

額にひやりと冷たい空気が触れた。

閉じた瞼《まぶた》の真っ暗な世界の中、ひそひそとした声が耳に届く。

「――大丈夫かしら、結月ちゃん……」

「母さんが霊体だってこと、最初にちゃんと教えないから。それで驚いたんだよ、きっと」

「まあ！　漣くんだって、結月ちゃんのこと怖い顔で睨《にら》んでいたじゃないの。きっと怖かったんだわ」

言い合う二人の声には聞き覚えがあった。閑子と漣だ。つい先ほども、このように言い合っていたことを思い出す。

そんな二人を宥《なだ》めたのは、聞き覚えの無い声だった。

「二人とも、落ち着きなさい」

低く柔らかな男性の声が響く。初めて聞くのに、不思議と気持ちが落ち着く声だった。いったい誰なのだろう。結月は重い瞼をゆっくりと開く。

「結月ちゃん！　気が付いたのね」

ぼやけた視界に飛び込んできたのは、こちらを覗き込む閑子の顔だ。

数度瞬きをして視界がはっきりとしてくれれば、彼女が心底申し訳なさげに眉尻を下げているのが分かった。

閑子は結月の傍らに膝をついて尋ねてくる。

「驚かせてしまって、本当にごめんなさい。具合はどう？　気分は？」

結月は最初に通された洋室のソファーに寝かされていた。身体の上には毛布が掛けられている。

廊下で倒れた結月を運び、介抱してくれていたのだろう。ひんやりとした空気――閑子の透けた白い指が、結月の額にそっと触れてきた。

「大丈夫です……すみません、こんな、ご迷惑をかけて……」

「迷惑だなんてとんでもない！　あなたが謝ることじゃないわ」

閑子は首を横に振って、「漣くん、お白湯《さゆ》を」と後ろに声を掛ける。

閑子の後ろには、学生服姿の少年――漣がいた。彼が持つお盆には、小ぶりの湯飲みが載っている。

学生帽を取った漣は、短い前髪の下の顔をどこか不機嫌そうに顰《しか》めている。

「飲める？　……というより、起きられる？」

素っ気なく尋ねられ、結月は急いで起き上がろうとした。

だが、急に起きたことでふらついてしまう。床に落ちそうになった結月を、漣が咄嗟に支えてくれた。盆をテーブルに置いた漣が、結月が座り直すのを手伝いながら、少し怒った口調で言う。

「無理に起きろなんて言ってない」

「……すみません」

結月が反射的に謝ると、漣は眉間の皺を深くした。委縮する結月を庇《かば》い、閑子が漣を軽く睨む。

「もうっ。女の子には優しくしなさいって、いつも言っているでしょう？」

「……」

閑子に注意された漣は、無言で白湯の入った湯飲みを結月に渡すと、さっさと離れてしまう。閑子は不満げであったが、結月は礼を言って漣に頭を下げた。

湯飲みに口を付けると温かな白湯が喉を通り、冷えていた身体に温もりを与える。そういえば、職業紹介所を出た後は何も口にしていなかった。

ほっと息を零した結月は、自分に向けられる視線に気づく。

テーブルを挟んだ向かいのソファーに、和装の男性が座っていた。

歳は三十半ばくらいか。渋い鶯《うぐいす》色の長着に明るい柳色の羽織を着ている。長めの前髪を顔の横に流した彼は、人形のように整った怜悧《れいり》な美貌を持ち、漣とよく似ていた。だが、幼さを残した漣と異なり、成熟した大人の落ち着きがある。切れ長ながらも柔らかな眼差しや、軽く笑んだ薄い唇は、冷たさよりも穏やかな印象を与えた。

結月と目が合い、男性が微笑む。

「はじめまして。私は天方涼《りょう》という者です。この家の戸主《こしゅ》だよ」

「あっ……はじめまして！　私、若佐結月と申します」

結月は慌てて頭を下げた。

天方涼。閑子の夫で、漣の父で、天方家の主人。結月の雇い主になるかもしれない人だ。

身を縮こませて畏《かしこ》まる結月に対し、涼は静かに声を掛ける。

「話は閑子と漣から粗方《あらかた》聞いたよ。来てもらって早々、大変な目に遭《あ》わせてしまって申し訳なかった」

「いえ、そんな、滅相《めっそう》もありません」

恐縮する結月を、涼は穏やかな眼差しで見つめてきた。

「……君は、〝見える〟人なんだね」

「っ……」

「ああ、そんなに怖がらなくていい。私も、君と同じように見えているから」

涼は事もなげに「すでに知っていると思うけど、漣もね」と付け加える。

結月は困惑していた。

自分と同じような力を持つ人に――しかも同時に二人も出会うなんて、思いもしなかったからだ。

今まで、結月のような力を持つ者には滅多に会わなかった。たとえ、見えないものが見えていたとしても、涼のように堂々と宣言する人はいなかった。結月と同じように怯《おび》えて混乱し、母に相談をしに来る人がいたくらいだ。

普通の人には見えない、幽霊の閑子。

幽霊の閑子に、普通に話しかける漣。

見えないものが見えることを、当たり前のように語る涼。

……天方家の人々は、いったい何者なのだろうか。

疑問を抱く結月に、涼は軽く身を乗り出してくる。

「いやあ、まさか、閑子が見える子が来てくれるとは思っていなかったよ。……若佐結月くん。もし良ければ、我が家で働いてもらえないだろうか？」

「……」

尋ねてくる涼に、結月は一瞬返答に詰まった。

確かに自分はこの家で女中として働くために来た。涼の申し出はありがたく、願ってもないことだ。だが、まさかこんな事態になるとは思っていなくて、改めて聞かれたことで戸惑ってしまった。

戸惑いを躊躇いと受け取ったのか、閑子がずいっと顔を寄せてくる。

「お願い、結月ちゃん。今まで来た子、みんなすぐに辞めてしまって、本当に困っていたの。家の中は汚くなっていくし、洗濯物は溜まっていく一方で皺だらけのままだし」

「あ、あの……」

「せっかくの自慢の台所も使ってもらえないし。私、庭の世話くらいしかできなくて。涼さんと漣くんが、このままじゃ飢《う》え死にしちゃうわ」

　切実に訴えてくる閑子に、漣が溜息をつく。

「大げさなこと言わないでよ。米くらいは僕でも炊ける」

「あら、いつも半分焦《こ》がすか、水が多すぎてぺったりなっちゃうじゃないの。おかずも作れないし、毎日毎食、ご飯にお味噌や漬物をのせるだけなのはどうかと思うわ」

「たまにトーストも食べているよ。おかずは買ってくればいいし。だいたい、母さんのせいだろ。今までの女中さんたち、散々脅《おど》かして追い出したくせに」

「そんな、脅かしてなんかないわ！　手伝おうと思っただけよ」

「それが悪かったんだ。普通の人は驚くに決まってる」

「うっ……で、でも、私だけのせいじゃないもの。そもそも、この家自体いろいろ……」

「二人とも、そこまで」

　漣と閑子の言い合いを遮り、涼が今までの経緯を簡単に説明してくれた。

——三か月ほど前から、閑子は女中が来る度に、家事の手伝いをできればと張り切ったらしい。霊体の閑子は細かい作業はできなかったが、物を動かしたり、風を起こしたりすることができたのだ。

そして……。

『あら、戸が開いたままだわ。閉めておきましょ』と、扉を閉めたり。
『あらあら、桶《おけ》のお水溢《あふ》れちゃうわ』と、蛇口を捻《ひね》ったり。
『味噌はここよ、醬油はあちらね』と、台所の棚を開け閉めしたり。
『机の下は掃除しづらいわよね』と、書斎の重い机を持ち上げたり。
『庭の水まきくらいはしなくちゃ！』と、井戸水を雨のように降らせて庭の花々に水をやったり。
『ガスの点け方がわからないのね』と、台所で大きな炎をあげてみせたり——。

目の前で起こる怪異の数々に怯えた女中たちは、次々に辞めていったという。紹介所で女中の募集を引き続き行ってもらっていたが、天方家の噂は広まり、この三週間誰も来なかったというわけだ。

閑子はすっかり気落ちするし、涼と漣も身の回りのことがろくにできず、まともなご飯にもありつけずにいた。

そこに、結月が訪れたのだ。

閑子は結月を見て、ほっとしたように微笑む。

「結月ちゃんは、私のこと怖がらないでくれるんだもの。私、嬉しくて」

「……今は怖いんじゃないの？　さっきだって倒れたじゃない」

「えっ⁉　そ、そうなの？」

漣の指摘に、閑子はおろおろと結月の顔色を窺《うかが》ってくる。

「わ、私、怖いかしら……？」

円《つぶ》らな目を潤ませて哀しそうに尋ねてくるので、結月は急いで首を横に振った。

幽霊と分かってもなお、結月は閑子に対して恐怖を感じなかった。彼女には他の霊のように暗い陰が無く、どこまでも朗らかだからだろうか。

「いいえ、怖くありません。……あの、私の方こそ、どうかここで働かせてください」

結月の返事に、ぱあっと閑子が表情を明るくする。

「ありがとう、結月ちゃん！」

閑子が勢いよく抱き着いてくるが、幽霊なので結月の身体をすり抜けてしまう。

慌てて体勢を戻して照れたようにはにかむ閑子に、結月も思わず頬を緩めた。

――結月には、断る理由が無かった。自分の力を厭《いと》うこと無く、むしろそれをありがたいと受け入れてくれる人たちがいるなんて、思ってもいなかったことだ。

天方家の人々はどういう人たちなのか。

どうして幽霊の閑子がこの家に留まっているのか。

分からないことはたくさんある。だが、この家でなら自分の力を隠さなくて済む。知られることを、怖がらなくていい。

「どうぞ、何卒《なにとぞ》よろしくお願いします」

姿勢を正して頭を下げた結月に、閑子と涼は笑顔で頷き、漣は少し微妙な表情を浮かべた。

＊＊＊

新しい女中、しかも自分たちと同じ〝見える〟目を持つ珍しい子を雇うことが決まった。

両親……涼と閑子が決めたことで、漣は納得してはいない。もっとも、雇って給金を払うのは両親なので、漣が口出しできることではないが。

歳は十五、六歳くらいか。奥二重のどんぐり眼《まなこ》に、化粧っ気の無い顔。着古した木綿の縞柄の着物や、組紐で結った野暮《やぼ》ったいおさげ髪は、まさに田舎から出てきたばかりという印象だ。おどおどとした様子は、どこか怯えた子犬を思い出させた。

漣が黙って観察していると、さっそく家の中を案内したいと閑子が嬉々として手を上げる。今までに無い浮かれっぷりだ。彼女のことがよほど気に入ったのだろう。

だが、その新しい女中――結月という少女は、先ほど廊下で倒れたばかりだ。顔色もまだ戻っていないので、涼が休んだ方がいいと提案したが、結月はすぐに「大丈夫です」と首を横に振った。

彼女の目にはどこか必死な色があり、大人しく休めと言っても聞かなそうだ。涼もそう思ったのか。とりあえず案内はして、途中具合が悪くなったらすぐに休むよう言い含めて、閑子と結月を送り出した。

応接間として使っている洋室に涼と二人きりになると、穏やかな声がかけられる。

「何か言いたそうだね、漣」

「大丈夫なの？　あんなに簡単に他人を家に入れて」

間髪をいれず返せば、にこりと笑みが返ってくる。

「大丈夫だよ。閑子がとても気に入っているのだし」

「母さんは警戒心が無さすぎる」

「まあ、そうだけどね。でも、あの子……結月くんが家に入っても、門の『花』はいつも通りだったろう？」

「花弁が一枚、無くなっていたけど？」

「彼女に憑《つ》いていた雑霊《ぞうりょう》か何かのせいだろう。精神的に弱っている人間は憑かれやすいものさ。気持ちが塞《ふさ》いだり、不安を煽《あお》られたりしてね。特に、彼女のように力を持つ子は大変だったろう」

「……だったらなおさら、彼女を雇うのは危険なんじゃないの？」

漣は眉を顰《ひそ》めて、言葉を続ける。

「母さんがあんな状態なのに……もしも、彼女が母さんをあんな目に遭わせた奴と通じていたら——」

「漣」

涼に名前を呼ばれ、漣は息を呑《の》んだ。怒鳴ったわけでもないのに涼の声には力がある。

「お前の気持ちはありがたいが、閑子のことは私が対処する。何も心配しなくていい」

「……」

細めた目に見据《みす》えられて、漣は口を引き結んだ。

拳を強く握る漣に、涼はふっと表情と口調を緩め、いつもの笑みを見せる。

「大丈夫。閑子はそう柔《やわ》じゃないからね。それに、女中さんがいなければ、私たちはまともに生活できないだろう。そろそろ家で、温かいご飯とおかずを食べたいものだよ。お前も、きちんと火熨斗《アイロン》のかかったシャツを着たいだろう？　ねぇ」

やんわりと話を終わらせようとする涼に、漣は「部屋に戻る」とだけ言って踵《きびす》を返した。二階に上がり、自室で学生服の上着を脱ぐ。

姿見には、自分で火熨斗を当てたものの皺の取れていない白シャツが映り、漣は腹立たしい気持ちでそれを脱ぎ去った。

長着と袴を身に着けながら、漣は小さく呟いた。

「……いいさ」

楽天的な両親の代わりに、自分が気を付ければいいだけだ、と。

第二章　天方家の不思議な日々

ちちちっ、と軽やかな鳥の声が聞こえてくる。

朝五時半に起きて布団を畳み、身支度を済ませていた結月《ゆづき》は、北側にある小さな窓に近づいた。白枠の引き違い窓を開ければ、側の木の枝に一羽の小鳥がとまっている。

黒い頭に白い頬《ほほ》、短い嘴《くちばし》と円《つぶ》らな黒い目。丸いお腹は真っ白で、胸元には黒い線が一本縦に入っている。まるで黒い帽子《ぼうし》を被り、白いシャツに黒いネクタイを締めているような風体で、何とも可愛らしい。大きさや形はスズメに似ているが、何という名の鳥だろうか。

この小鳥は、結月がこの部屋――天方《あまがた》家の一階にある女中部屋で寝起きするようになってから出会った。

毎朝六時頃になると現れて、窓の近くで鳴いたり毛繕《けづくろ》いしたりしている。どうやら人に慣れているようで、窓を開けても驚いて飛び立ったりしない。

餌《えさ》をあげているわけでもないのに毎日訪れる小鳥は、まるで挨拶しに来てくれているみたいで、結月は密かに嬉しく思っていた。

「おはよう」

声を掛けると、小鳥は首を傾《かし》げて「ちっちー」と返事をするように鳴く。その様子も愛らしくて、結月は頰を緩めた。

しかし、朝の逢瀬は短い。鳥は何の前触れも無く羽ばたき、飛び去ってしまった。

窓から顔を出して見送るが、見上げた空は夜の色を残して薄暗く、鳥の姿を見つけることはできなかった。少し寂しく思いながらも、また明日も来てくれるだろうかと期待する。

——奥様に許可をもらって、野菜の切れ端を頂こう。明日、小鳥にあげたら喜んでくれるかしら……。

考えながら窓を閉めて、縞柄《しまがら》の木綿の着物に白い割烹着《かっぽうぎ》を重ねる。これで支度は終了だ。

支度を終えた結月は、部屋の中を見回した。

三畳の畳敷きの女中部屋には、押し入れや小簞笥《こだんす》、文机《ふづくえ》、化粧鏡などの家具が揃《そろ》っている。文机にはランプや置時計も置いてあった。

初めてこの部屋に入ったとき、結月は感動した。野宮《のみや》家では共同部屋で、自分だけの部屋や家具というのは初めてだったのだ。

ぽかんと口を開けて部屋を見回す結月に、案内をしてくれた閑子《しずこ》は「足りないものがあったら言ってね」と言っていたが、足りないどころか十分すぎるほどだ。こんなに立派な部屋を与えてもらえるなんて、予想もしていなかった。

結月の少ない私物が入っていた行李《こうり》は、今は押し入れに仕舞われている。替えの着物は簞笥に移し、櫛や髪紐は鏡台に置いた。母の形見の梓弓《あずさゆみ》や、母との思い出の品を入れた紙箱は文机の引き出しに入れた。

自分の部屋と言うにはまだ慣れなくて、こそばゆいものがある。だが、居場所を得た喜びと安堵は、結月の胸を少し高揚させていた。

精いっぱいお勤めしようと、結月は改めて気合を入れ、台所へ向かった。


天方家は一階に六間、二階に四間ある。

一階には、玄関からまっすぐ伸びた廊下の両脇にそれぞれ部屋がある。左側には、玄関に一番近い場所に洋室の応接間、その隣に居間、さらに隣には天方夫妻の寝室がある。廊下の右側には、階段、階段下を利用した納戸と女中部屋、台所と食堂が並び、便所や浴室などの水回りは一番奥にあった。

二階には、涼《りょう》の書斎と漣《れん》の部屋、それから二間続きの客間がある。もっとも、客間の一つはほとんど物置状態になっているようだ。

外観は洋風であるが、中は和室も多く、居間や夫妻の寝室、客間などは畳敷きだ。流行《はや》りの文化住宅というもので、六年半前の震災後に建て直したらしい。

家を案内するさなか、閑子は特にお気に入りだという場所を教えてくれた。

一つは、夫妻の寝室の奥にあるサンルーム。縁側から続きで作られた、三畳ほどの広さのそこは、洋風の籐《とう》椅子二つとテーブルが置かれ、大きな窓から明るい陽が入る。いかにも居心地の良さそうな場所であった。

そして、もう一つは台所だ。

台所には、女中部屋から引き戸一枚で行けるようになっている。

結月が戸を開くと、明るい白色が飛び込んできた。流し台と調理台、床が白いタイル張りになっているのだ。窓も大きくとっているおかげで、北側にありながらも全体的に明るく感じる。立った姿勢ですべての作業ができる欧米の台所を参考にした理想的な新しい台所で、文化住宅と共に流行しているそうだ。

小花柄の若草色の壁には洋風の食器棚が置かれて、ガラス戸になった上の棚には、閑子お気に入りの外国製の茶器が並べられていた。鮮やかな色彩や繊細な模様の陶器は、見ているだけで心が躍《おど》る。

そんな台所で結月が最も驚いたのが、水道とガスコンロだ。

水を使う際、村では井戸から汲《く》むのが普通だった。野宮家で一番年少の女中であった結月の、毎日の仕事でもあった。井戸から水を汲んで母屋の土間の水瓶《みずがめ》に移すという作業だけで、一日何往復もしていたものだ。

だから、水が通る管についた栓――蛇口を捻《ひね》るだけで水が出てきたときは感動した。

そして、ガスコンロ。

こちらは、ガスという燃える気体を利用した、七輪のような器具だった。ガスが流れる管がついた円形の鋳物の台で、円の所に穴が十数か所開けられており、栓を捻ってマッチの火を近づけるだけで穴から小さな炎が立ち上がる。あっという間に火が熾《おこ》せて、これには思わず声を上げるほど驚いた。

野宮家で土間のかまどに火を熾し、割った薪《まき》をくべていたほんの十日前のことを思うと、都会の生活の便利さには驚くばかりである。

さて、火器台の上に二つあるガスコンロの一つには、すでに火がついていた。上には鍋が載っている。

火器台の前に立つのは、割烹着を着けた婦人だった。

白い割烹着の裾《すそ》から覗《のぞ》くのは、牡丹《ぼたん》色の地に太さの違う白い縦縞が入った、可愛らしくもすっきりとした意匠《いしょう》の着物だ。首元で結わえた髷《まげ》には、桃色珊瑚の簪《かんざし》が挿してあった。

ほっそりした柳のような背に、結月は声を掛ける。

「奥様、おはようございます」

「あら。おはよう、結月ちゃん」

挨拶する結月に、婦人……天方家の奥様である閑子が笑顔で振り向いた。


使用人の結月よりも、奥様の閑子の方が先に起きている。

本来なら使用人が先に起きるべきであり、この状況に結月はいまだに慣れない。

だが、これは閑子が望んだことであった。

閑子はもともと、台所に立つのが好きらしい。この新しい様式の台所は家を建てる際に閑子が要望して作ってもらったそうで、ガスコンロもガスオーブンも、白いタイル張りの流し台も、明るい若草色の壁紙も、すべてが彼女のお気に入りだ。

そして、一番の理由は――。

『私、夜はあまり眠らなくて。暇でしょうがないのだもの』

閑子は、肉体を持たない幽霊であった。

結月が閑子に出会ったとき、明るく朗《ほが》らかな彼女が幽霊だなんて思いもしなかったのだが、彼女の白い足袋は今も宙に浮き、床のタイルが透けている。歩いているようで実は宙を滑《すべ》っている様を見る度に、彼女が幽霊なのだと実感する。

幽霊であるせいか、眠るという概念が彼女には無いそうだ。一応、夜に布団には入るが、ぼんやりとまどろむことはあっても、ちゃんと眠れているのか分からないという。ごくたまに、ものすごく眠くなって、気づいたら時間がだいぶ経っていたこともあるらしい。

閑子は、どうせぼんやりするなら何かしていたいと、早朝の炭火熾しや料理の下準備を率先して行っている。

最初、仕える主人よりも遅く起きるのは申し訳なく、せめて同じ時間に起きたいと申し出たが、閑子はあっさりと答えた。

『私に付き合っていたら、結月ちゃんの身体が持たないわ』

さらに、結月には他の家事——洗濯や裁縫、掃除を任せるから、あまり無理はしないでほしいと逆に閑子に気遣われてしまった。しまいには、天方家の主人である涼からも、『妻のわがままを聞いてくれないかな』と乞われたため、首を縦に振るしかなかった。

そして、閑子と話し合った結果、結月は朝の六時から台所に入るようになったのだ。

閑子の横に並んだ結月は、弱火にかけてある鍋の中を覗く。水が張られて昆布が底に沈んでいた。今日の出汁《だし》は昆布……と、作業台に削った鰹節が置かれているので、これも入れるのだろう。

　鍋が沸騰するまでの間に、結月は量ってある米をお釜に入れて水で手早く洗った。同量の麦を足した後、水を加えてしばらく浸水させる。

「今日はあぶらげと青菜の味噌汁にしましょうか」

「はい」

　野菜籠《かご》から出した青菜と、昨晩の残りの油揚げを短冊状に切っていると、閑子が「お鍋の昆布、そろそろ取り出していいわ」と合図した。

　沸騰する前に昆布を取り出し、そのまましばらく火にかけ、沸騰したら鰹節を加える。ひと煮立ちさせて鰹節が沈んだら、木綿の布巾《ふきん》で濾《こ》して出汁の完成だ。

「結月ちゃん、そろそろご飯炊くわね」

「はい、お願いします」

　結月が味噌汁に取り掛かっている間に、閑子がお釜を置いた方のガスコンロに火を点《つ》けた。

　触れることができないのに、どうやって物を動かしているのか。気になって閑子に尋ねてみたら、『えいっ、て念じたら動くのよ』と大雑把《おおざっぱ》な答えが返ってきた。

　もっとも、同時に複数の物を動かすことや細かい力の調整は難しいらしい。お茶を淹《い》れようとヤカンと急須を動かしていたら、お湯は零《こぼ》れるわ、急須に罅《ひび》は入るわ、湯呑《ゆのみ》は落として割ってしまうわで大変だったそうだ（それを目撃した女中は、翌日に天方家を出て行ったとのことだ）。なので、野菜を切ったり、お茶を淹れたりといった細かい作業は結月が行うことになっている。

これが、朝の炊事のだいたいの流れだった。

「昆布と鰹節は甘辛く煮るんですよね」

「ええ。漣くんが好きなのよ」

閑子と会話を交わすことで、結月は少しずつ天方家の炊事の仕方を覚えていった。

結月も一通り、ご飯の炊き方や汁物の作り方などの調理の基本はできる。だが、野宮家では炊事専門の女中がいて手伝いに回ることが多かったため、一人ですべてをこなしたことは無かった。また、新しい様式の台所は初めてで、最初は水道の使い方もガスの点け方も分からなかった。

こうして閑子が丁寧に手順を教えてくれるおかげで、結月はこの一週間で流れを覚えることができた。

味噌汁と、菜の花と青菜の辛子醤油和《あ》えができたところで、米の炊ける良い香りが漂ってくる。火を止めた閑子が、「あとは蒸らすだけね」と微笑《ほほえ》んだ。

七時前には朝食が出来上がり、結月は先に台所にある作業台でご飯を食べる。味噌汁の塩加減は良い。和え物の方は、菜の花と青菜を出汁にしばらく浸していたので美味しいが、辛子があまりきいていなかった。ご飯はほどよく硬めに炊けていた。

幽霊の閑子はご飯を食べる必要は無く、先ほど台所を出て行った。一階の雨戸を開けた後、涼を起こしてくるとのことだ。

手早く朝食を食べ終えた結月は、炊いたご飯を入れた木のおひつと味噌汁の鍋、和え物の小鉢、それに作り置きの小魚の佃煮《つくだに》を食堂に運ぶ。

食堂にある大きな楕円《だえん》形のテーブルに配膳していると、廊下が軋《きし》む音がした。涼が起きてきたのだろう。結月は食堂の戸口を振り返って挨拶する。

「おはようございます、だ……」

しかし顔を出したのは涼ではなく、息子の漣だった。

漣は、結月より二つ下の十四歳。つい先日、中学の三年に進級した少年だ。

学校の制服である白シャツと紺色のズボンを纏《まと》った漣は「おはよう」と返した後、「ございますだ……？」と怪訝《けげん》な表情を浮かべた。

「あなた、そんなに訛《なま》っていたっけ？」

「い、いいえ、言い間違えて……」

てっきり涼だと思っていたので「旦那様」と呼びかけようとしていた結月は、慌てて言い直す。

「漣坊ちゃん、おはようございます」

「……」

父親ゆずりの怜悧《れいり》な美貌を持つ少年は、なぜか眉間《みけん》の皺《しわ》をさらに深くして、食堂に入ってきた。自分の席に着く前に、さっさと自分でおひつからご飯をよそう。

本来なら女中の結月がすべきことであるが、天方家では女中の居ない時、漣が代わりに炊事を行っており、こうして自分で準備をすることは厭《いと》わないそうだ。

とはいえ、側にいる結月は居たたまれない。今までも何度か『やります』と申し出たが、『これくらいは自分でできる』と漣も引かなかった。

結月は味噌汁をお椀に注いで漣に渡すと、一礼して食堂から出た。食事中の給仕も必要ないと、初日に断られている。

台所に戻った結月は小さく息をついた。

漣といると、妙に緊張してしまう。漣の素っ気ない……よそよそしく、冷たいとも思える態度に不安になる。彼の機嫌を損ねるようなことをしてしまったか。あるいは、最初から結月のことが気に入らないのか。閑子と涼がおおらかで優しい分、余計に気になってしまう。

閑子に一度それとなく聞いてみれば、『まあ！　漣くんってば、お年頃なのねぇ』と気にするどころか、なぜかはしゃいでいた。そうして『気にすることないわよ。漣くんは恥ずかしがり屋さんなの』と笑顔で助言されたものだ。

……悩んでいても仕方がない。自分がもっと気を配れるように精進すればいいのだ。

結月は気合を入れ直して、漣の弁当を用意し始めた。

＊＊＊

涼が起きてきたのは、漣が学校に行った後だった。

「やあ、すまないね。二度寝してしまって」

前髪の一部に寝癖をつけたままの涼が、温め直した味噌汁の椀を受け取りながら謝ってくる。

天方家の主人である涼は、会社勤めではなく自由業をしているらしい。そのため、決まった時間に起きて出勤することはない。二日前も、今日のように起床は遅かった。

とんでもない、と首を横に振る結月に対し、閑子は腰に手を当ててふくれっ面だ。

「もう、涼さんったら。なかなか起きてくれないし、起きたと思ったらまた寝てしまうんだもの！」

「悪かったよ、閑子」

「漣くんも気づいたら学校に行っちゃってるし……」

白い頬を膨らませて拗《す》ねる閑子に涼はもう一度謝った後、味噌汁とご飯を食べて「おいしい」と微笑む。

「やっぱり温かいご飯はいいね。お米も好きな硬さだ」

涼の言葉に、閑子はぱっと顔を輝かせる。「そうでしょう？」と機嫌を直して、率先して涼の給仕をする。その間に、結月は台所の片付けとお茶の準備をした。

涼が食事を終えて食堂で新聞を読み始めた頃、結月は掃除に取り掛かる。

女中部屋でいったん割烹着を脱ぎ、前掛けをつける。襷《たすき》を掛けて、おさげを後ろで一つにまとめて手拭いを被った。

階段下の納戸にしまっている座敷箒《ざしきぼうき》と手箒、はたきなどの掃除道具を持って、夫妻の寝室に入る。窓や障子、襖《ふすま》を開けてから、布団を畳んで押し入れに入れる。

座布団や火鉢にははたきをかけて、隣の居間に移してから、障子や家具にも上からはたきを掛けていった。

はたきを掛けた後は、畳の上を箒で掃いていく。広い面は座敷帚、狭い所や畳の縁の間は手箒と使い分けて、室内に入り込んだ埃《ほこり》や砂を掃《はら》っていくのだ。

寝室の後は居間も同様に掃除し、持ち出していた物を布巾で拭いて、元の位置に戻す。

次は洋室の応接間だ。こちらもはたきを掛け、空布巾で家具の埃を拭いていった。床は目についた大きな埃をとってから、手帚で優しく絨毯《じゅうたん》の上を掃いていった。

そして、二階の廊下、階段を奥から玄関の方へと掃き進め、玄関の三和土《たたき》部分、外の玄関ポーチまで掃く。

掃き掃除が終わったら、次は拭き掃除だ。

あらかじめ水で濯《すす》いで固く絞った雑巾を多く用意して、縁側や廊下、階段の板の目地に沿って拭いていった。汚れたら裏返しにして、裏面も汚れれば次の雑巾と換えていく。全部の雑巾が汚れたらバケツでまとめて洗って、と繰り返す。

玄関までの拭き掃除を終え、結月はふうと息をつく。吹き抜けになった玄関ホールで、二階を見上げた。

二階の部屋の掃除は、涼に頼まれたときにだけするようになっている。漣の部屋は自分で掃除するように閑子から言われているらしく、涼の書斎も同様であった。

そして、二階の客間は基本的に出入りが禁止されていた。

『結月くんが入ったら、危ないかもしれないから』

涼の言葉の意味を、結月は最初こそわからなかったが、この数日でわかってきた。

なぜなら――。


きし、きし。みし、きし。


見上げる二階のどこかで、軋む音がかすかに聞こえてくる。まるで、誰かが歩いているような、這《は》いずっているような、そんな音だ。

だが、漣は学校に行って不在であり、書斎を使う涼は食堂で新聞を読んでいる。誰もいないはずの二階で、誰かがいるような音や気配がするのは、結月の気のせいではなかった。毎日のように、奇妙な雰囲気を感じ取る。

もともと結月自身、人には見えないものが見える性質だから、こんなに気になるのだろうか。そう思ったが、今までの天方家に来た女中たちもまた、この家の奇妙さに気づいていたようだ。

『だからね、私だけのせいじゃないのよ』

扉を開けたり閉めたり、水道を止めたりガスの炎を上げたりと、奇妙な現象の主な原因になっていた閑子が、弁解するように言っていたものだ。

たしかに、天方家には、閑子以外の何かがいる。

奇妙で恐ろしい現象に、しかし結月は以前のように無暗《むやみ》に恐れることはしなかった。

涼と漣は気にした様子も無く過ごしているし、何より、結月が慕《した》っている奥様の閑子が幽霊なのだ。

奇妙ではあるが、不思議と怖くはない。それが、天方家に対する結月の印象だった。

＊＊＊

もっとも、全部が怖くないわけではないし、驚かないというわけでもない。

家の掃除を終えた結月は、洗濯のために南側の庭に移動する。

洗濯は、水道水ではなく井戸水を利用する。庭の奥にある井戸へ洗濯物を運び、コンクリートで固めた流し場に盥《たらい》を置いたときだ。

屈《かが》んだ結月は、流し場の縁の所に蛙《かえる》がちょこんと座っていることに気づいた。掌に乗る大きさの茶色の蛙は、身体のあちこちに土をつけている。

春先である。土に潜っていたものが起きてきたのだろう……と思っていたら、蛙が小さな赤い口を開く。

「――もうし、娘さん」

その口からは蛙の鳴き声ではなく、しわがれた男の声が飛び出した。

思わぬことにさすがに驚いた結月は「ひゃっ」と声を上げて、尻もちをついてしまう。盥に足が当たり、思いがけず大きな音が響いた。

「ああっ、す、すまなんだ。驚かせるつもりは無かったのじゃが」

「結月ちゃん、どうしたの⁉」

蛙から謝罪の言葉が出るのと、閑子が慌てて縁側に出てくるのは同時だった。

流し場に座り込んだ結月に、閑子は「大丈夫？」と駆け寄ってきて、蛙に気づいた。

「あら、周防《すおう》様じゃありませんか！　起きられたんですね。よかったわ」

「うむ。かれこれ四か月ぶりかのう、奥方殿。……ん？　んん？　奥方殿、その身体はどうなされた？」

「うーん、私もよく分からないんですの。気づいたらこうなっていて」

「大変ではないか。天方殿はいかがなされた？」

「涼さんにも尋ねてみたのですけれど、心配しなくていいと言われましたわ」

「ふむ……天方殿が言うなら大丈夫なのだろう」

穏やかに会話を交わす閑子と蛙——周防という名らしい——は、どうやら顔見知りのようである。

呆気《あっけ》にとられたまま、結月は二人……一人と一匹を見やる。しかし、ふいに蛙が顔を向けてきて「ときに娘さん」と声を掛けてきたので、我に返り立ち上がった。

「は、はいっ！　何かご用でしょうか、す、周防様」

「おお、儂《わし》の言葉がわかっとるのか」

蛙、もとい周防は「ほう、ほう」とどこか楽しそうにつぶらな目を細める。

「これは珍しい娘よの」

「うふふ、先週から家《うち》に来てくれた子なんです。真面目で働き者で、私のことも見えて、とても助かっていますの」

「そりゃあまた、ちょうど良いじゃろうて。……娘さん、驚かせてすまなかった。怪我は無いかの？」

「はい、ありません。私こそ、失礼な態度をとって申し訳ございません」

結月が畏《かしこ》まって頭を下げると、「ううむ、まことに珍しい娘よ」と周防は笑った。

やがて笑いを収めた周防が、結月に頼んでくる。

「すまぬが、水を所望できるかな」

「はい、少々お待ちいただけますか」

湯呑かコップで水道水を持ってこようと、台所に向かおうとした結月に、周防は首を横に振る。

「いやいや、その盥いっぱいに、井戸水が欲しいんじゃよ」

「え？　……は、はい、承知いたしました」

井戸の上には手押しポンプというものがついており、ハンドルを上下させることで、低い位置にある井戸の水を吸い上げることができる。釣瓶《つるべ》を使って汲むよりもはるかに楽だ。

結月はポンプの口の下に盥を置き、呼び水を入れてから、何回かハンドルを上下させて井戸水を出した。

なみなみと盥に井戸水が溜まったところで、周防が「よっこら、せいっ」と飛び上がって、盥のふちに乗った。そして小さな口をつけ、水を飲んでいく。喉を大きく動かして飲む様は豪快で、ごくごくと音が聞こえるようだ。

いや、本当にごくごくと、ものすごい勢いで周防は水を飲んでいた。

大きな盥の水がどんどんと減っていく。小さな白いお腹はとうに破裂していてもおかしくないのに、それでも周防は飲むことを止めない。

結月はそこで、周防の体が水を飲むごとに大きくなることに気づいた。乗っていた盥の縁から降りた周防は、犬くらいの大きさになっている。

結月が唖然としていると、盥を空にした周防が見上げてきた。

「もう一杯、いただけるかな」

「は、はいっ」

がっちゃん、じゃぼ。がっちゃん、じゃぼじゃぼ。

手押しポンプを上下させて、水を汲む。盥いっぱいになれば、再び周防が口をつけて、美味しそうに水を飲む。

二杯目もすぐに空になり、「もう一杯」「もう少し」と周防は催促《さいそく》する。大きくなる周防の傍《かたわ》らで結月はせっせと水を汲み、ついに八杯目になったときだ。

「ふぅむ……娘さん、少し離れていなさい」

「こっちよ、結月ちゃん」

牛ほどの大きさになった周防と、全く驚きを見せない閑子に促《うなが》されて、結月は言われるまま井戸端から離れる。

周防は最初の半分は屈んで飲んでいたが、しまいには盥を口に銜《くわ》えて持ち上げ、呷《あお》るようにして最後の一滴まで飲み干した。今や見上げるほどの大きさになり、大きな赤い口は結月を一飲みできるほどだった。

周防は盥をそうっと井戸端に置く。ぷはぁ、と大きな口から白い息を吐き出した。

「ああ……ようやく力が戻った。これで我が郷《くに》に帰れる」

そう呟《つぶや》く声はすっかりと若返り、青年のようにみずみずしい響きをしていた。周防は濡れて艶《つや》を帯びた大きな目で、閑子と結月を見てくる。

「奥方殿、この冬は世話になった。娘さんも……」

そこで周防はちょっと首を傾げ、結月に身体を向けて「名を聞いてもよいか？」と尋ねてくる。結月が閑子を窺《うかが》うと笑顔で促されたので、一礼して名乗る。

「結月です。若佐《わかさ》結月と申します」

「うむ。結月殿、其方《そなた》にも感謝申し上げる。実に美味い水であった。この礼はいずれ届けさせよう」

そう言うと、周防は上へ顔を向けた。天へ向かって大きく口を開き、ぼうっと白い息を吐き出す。白い息は太陽の光を浴びて虹になり、虹は晴れた青空の向こうへとどんどん伸びていく。

空の果てまで伸びた大きな虹の橋に、幾分か縮んだ、それでも結月よりもはるかに大きい周防が飛び乗った。

「それでは、天方殿にもよろしくお伝えくだされ……」

水を帯びた声が、虹と共にぼやけていく。

瞬きをした次の瞬間に虹は消え、井戸端には空になった盥だけが残されていた。

まるで夢を見ていたかのようだ。結月はぽかんと青空を見上げる。

「……あの、奥様。今のは……」

「山口にお棲《す》まいの、蝦蟇《がま》一族の周防様よ。丁重におもてなしなさいって、涼さんに言われていたの」

にこりと微笑んだ閑子は、結月の問いに答えてくれた。

「――大蝦蟇の周防様は、家の庭で冬眠されていたの。

何でも、去年の秋の終わりに京都に紅葉見物に行かれた後、そのまま東京まで足を延ばしたくなったそうでね。でも、いざ東京に着いたら、寒いうえに力も使い果たしていて、動けなくて困っていたらしいわ。

そこを涼さんが助けたの。ここでなら、ゆっくり休んで霊気を養えるからって。

庭で一冬過ごされて、きっと喉が渇《かわ》いていたのね。ここの井戸水は美味しいって、けっこう評判がいいのよ。

たらふく飲んで満足されたのね。すっかり力を取り戻されて、よかったわ。

結月ちゃん、手伝ってくれてありがとうね。きっと、素敵なお礼が届くわよ──。

のんびりと説明する閑子の言葉に、結月は分かったような分からないような心持で頷く。

ただ、やはりこの家は不思議なことが起こるものだと認識したのだった。

さて、その六日後。天方家に来客があった。

「天方様に、主人からお礼の品でございます」

渋い鶯《うぐいすちゃ》茶色の風呂敷包みを差し出してきたのは、茶色い着物を着た男の人だった。

結月が応対して顔を見たはずなのだが、彼が帰った直後に記憶から薄れてしまって、よく覚えてはいない。ただ、くるりとした黒い目ときゅっと結んだ大きな口に愛嬌があって、少し蛙に似た風貌であったと、それだけを思い出す。

風呂敷包みの中には、箱入りの萩焼《はぎやき》の茶器と、地酒が入っていた。茶器はご主人に、地酒は奥方にとのことだった。

それから、綺麗な白い二枚貝を結月へくれた。

掌ほどの大きな貝殻は容《い》れ物になっており、中には艶を帯びた亜麻《あま》色の、軟膏のようなものが入っていた。なんでも、秘伝の傷薬であるそうだ。ひびやあかぎれによく効きますよ、と男は言っていた。

たしかにその通りで、小指の爪ほどの量を取って両掌にのばせば、するすると滑らかになる。週に一度、この傷薬を塗るだけで、水仕事で荒れた手があっという間に治ってしまった。

結月は素敵なお礼の品を喜んだ。

蓋《ふた》を開ける度に、貝の内側の乳白色は虹色の光沢を帯びて、あの日の青空にかかった虹を思い起こさせた。

＊＊＊

さて、大きな蛙を含め、天方家には来客が多い。

門の前に横付けした高級な外車から降りてくる、洋装姿の壮年の男性。お付きを二人も従えた、老年の和服姿の男性。華やかなレェスのついた洋服に身を包んだ、断髪のモダンガール。きっちりと髷を結った、黒い紋付を纏った年配の女性。

それぞれ、名の知れた政治家であったり、大きな百貨店の社長であったり。流行の理容室を経営する女性であったり、老舗料亭の女将《おかみ》であったり。

老若男女と客層は様々であるが、訪れる客に共通しているのは、どこか余裕がない色があるところだ。

そして一様に、こう尋ねてくる。

『天方先生はご在宅ですか』——と。

皆、天方家の主人である涼のことを『先生』と呼ぶ。

先生というと、学校の先生、医者、弁護士、お茶やお花の師匠、作家や画家……といった職業を思いつくが、涼がどんな仕事をしているか、結月は知らない。

涼の様子を見ていると、週の半分はどこかに出掛け、半分は家にいる。来客の相談事を聞いて助言したり、書斎で何か書き物をしていたり、風呂敷に包まれた骨董品を持ち帰ってきたりもする。

いったい何の先生なのだろうか。不思議に思いながらも、訪れる客の取次《とりつ》ぎや応接をするのも、結月の仕事の一つであった。

朝の仕事——炊事と掃除、洗濯を終えたのは、十時半を過ぎた頃だった。

庭の物干し竿に干した洋シャツやズボン、肌着やシーツを見上げて、結月は一息つく。天方家に女中が居ない間に溜まっていた洗濯物が、今日でようやく片付いた。

とはいえ、片付いたのは洋服や普段着ている着物だけだ。今後は、冬の間に汚れ傷んだ着物をほどいて洗い張りし、仕立て直しをしていかなければならない。

洗い張りをするのは、もう少し暖かくなってからの方がいいだろうか。そろそろ衣替えの季節だし、簞笥や押し入れの中も整理しなくては。着物の汚れや傷みを確認して、何に仕立て直すかを、奥様と相談して決めよう。とりあえず、今日の午後は洋服を取り込んだら火熨斗《アイロン》をかけて……。

つらつらと今後の予定を考えながら、額に滲《にじ》んだ汗を拭う。

洗濯は重労働だ。以前に奉公していた野宮家では、結月の主な仕事でもあった。料理よりもだんぜん得意ではあるが、体力は使う。

洗濯の道具を片付けた後、家の中に戻った結月は顔を洗い、ほつれた髪を編み直して身だしなみを整える。

昼食の準備までの空いた時間は、朝の掃除でできなかった場所や、細かい所の掃除をする。浴室や便所の水回りの掃除は昨日終わらせたので、今日からは艶拭《つやぶ》きをする予定だ。

艶拭きには、米のとぎ汁や糠袋《ぬかぶくろ》などを使う。糠袋は、米屋でもらってきた米糠《こめぬか》を炒って、冷ましてから綿の袋に入れたものだ。これを水に浸して固く絞り、木の床や柱を磨くことを繰り返していけば、糠の油分によって表面に美しい艶が出るのだ。

糠袋は昨晩のうちに用意しておいた。一か月以上は手入れされていないであろう床の間や、階段の手摺や柱、応接間の木の家具を磨こう。

さっそく取り掛かろうと、雑巾とバケツ、糠袋を持って廊下に出たときだ。

「結月くん、お茶を淹れてくれるかな」

「っ！」

急に声を掛けられて、結月はバケツを取り落としそうになった。

応接間の前に佇《たたず》むのは、長着姿の涼だ。今日は一日家にいるとは聞いていたが、てっきり二階の書斎にいると思っていた。

声を掛けられるまで、気配をまるで感じなかった。主人に気づかないなんて、と結月は自分の不注意を反省しつつ頷く。

「はい、承知しました。……お客様が来られているのですか？」

涼の背後にある応接間の扉は開いており、ソファーに座る男性の背中が見えた。いつの間に来客があったのだろう。これもまったく気づかなかった。結月は更なる己の失態に青ざめたが、涼は怒った様子はない。

「ああ、気にしないで。お茶は食堂の方で飲むとしよう。一緒にどうだい？」

「あの、ですが、お客様は……」

「大丈夫だから」

応接間の扉を閉めた涼に笑顔で促され、結月は仕方なくバケツを持ったまま台所へと向かった。

お湯を沸かし、紅茶の準備をする。

紅茶の淹れ方は閑子に教わった。天方家では基本的に緑茶やほうじ茶を飲むことが多いが、閑子が集めている洋風茶器に合わせて、紅茶もよく飲んでいた。

かんかんに沸騰したお湯を、茶葉を入れたポットに注ぎ、蓋をしてしばらく待つ。茶葉を蒸らして、十分に香りと味を抽出させるのだ。

しかしながら、この紅茶の香りにも味にも結月は慣れない。

牛乳と砂糖を入れると甘くなっておいしいのよ、と閑子は言っていたものだが。

ふと、そこで結月は閑子の姿が無いことに気づいた。

……お茶の時間は、閑子が楽しみにしている時間なのに。

そうして、家の中がやけに静まり返っていることに、今さらながら違和感を抱いた。

かち、かち、と壁掛け時計の音が耳に大きく聞こえる。いつも賑やかな閑子がいないせいか。静寂はやけに不気味に、心細く感じた。

気のせいだと結月は顔を振って、ポットの紅茶をカップに注ぐ。透明な赤茶色の液体が、白いカップに波を作った。

だが、独特の変わった香りが漂ってこない。蒸らし時間が少なかったのだろうか。もう一度淹れ直した方がいいだろうか。

心配になってカップに顔を近づけたときだった。

「――ごめんください」

玄関の方で、女性の声がした。

結月が台所から出れば、薄暗い廊下の向こう、玄関扉のガラスを背にした黒い人影が見える。来客である。

結月は急ぎ足で玄関へと向かった。相手をじろじろと見ないように注意しながら、姿を確認する。

黒い和服を着て、白いレェスのショールを羽織って、耳隠しに髷を結った女性。白と黒の色の中に浮かぶ真っ赤な唇が、妙にはっきりと見えた。

結月は玄関ホールの板の間で膝をつき、手を前に揃《そろ》えてお辞儀をした。

「いらっしゃいませ、どなた様でいらっしゃいましょうか？」

「あたくし、　　　と申します。　　　の妻でございます」

「え……」

結月は自分の耳を疑った。女性が名乗る声が聞こえない。名前の部分だけ、きぃんと耳鳴りがして聞き取れなかったのだ。

失礼になるが聞き直さなくては。結月が口を開こうとすると、はらり、と頬を掠《かす》めて何かが落ちる。薄く白い花びらだ。

花びらはゆっくり落ちながら、その色を赤く変えていく。赤い血が白い布に染み込むように、じわりと滲んで広がり、すぐに真っ赤に染まった。結月の指の先、床に触れた赤い花びらは、その瞬間に弾《はじ》けて消えた。

目の前で起こった不思議な現象に結月が言葉を失っている間に、女性が用件を言う。

「天方先生はご在宅でしょうか？　あたくしの夫が、本日こちらに伺っているはずなんです。取次ぎをお願いできるかしら」

「はあ……」

軽く相槌《あいづち》を打ちながら、結月は結局女性の名前を尋ねることができなかった。俯《うつむ》きがちに来意を聞き終えて「少々お待ちくださいませ」と奥に戻る。

その間にも、はらりはらりと花びらが結月から落ちる。結月は、自分の編んでまとめた髪に、白い花——門柱に飾ってあるものよりも小ぶりな花が挿してあるのだと、何となく分かった。なのに、いつ挿したのかは分からなかった。

食堂に入れば、涼が湯気の立つ紅茶を手にしている。

……私、いつお茶を運んだかしら。台所に置いていたはずなのに。

疑問を抱きながらも、涼に来客の旨を告げる。

「旦那様。　　様がお見えになられました」

結月の口から、耳鳴りで聞こえなかったはずの来客の名前が自然に出た。口にしていることが自分でも不思議だった。

しかも、そのまま淡々と来客の用件を告げる。

「　　様の奥様が、　　様にお会いになりたいそうです。いかがいたしましょう」

「ねえ、こちらにいるのでしょう?　分かっているんですよ」

「どうか会わせて下さいませ。これはあの人との約束事なのですから」

「あの人と一緒に行くんです。そう約束したんです」

結月の意思とは関係なしに、口から女性の言葉が、声が、そのまま出てくる。涼はそれを黙って聞き終えて、一つ頷いた。

「結月くん、『取次ぎ』ありがとう。彼女を応接室に通してくれるかな」

「かしこまりました」

「彼女を通した後は応接間の扉を閉めて、ここに戻ってきなさい。お茶は出さなくていいよ。私と一緒に、ここにいなさい」

はい、と答えて、結月は玄関に戻る。

「どうぞ、おあがりください。こちらです」

先に立ち、応接間に彼女を案内する。

扉を開けば、先ほど涼の肩越しに見えた男性の後ろ姿がソファーにあった。

「ああ……！」

感嘆の声を上げた女性が着物の裾を翻《ひるがえ》して、ショールを落とす勢いで男性に駆け寄る。

「あなた、あなた。お会いしとうございました」

女性の感極まった声を聞きながら、結月は一礼して部屋を出る。涼に言われた通り扉をしっかりと閉めた。

食堂に戻ろうとした結月だったが、来客の履物を揃えなければと思い直して玄関に引き返す。だが、女性の草履《ぞうり》は見当たらなかった。

どこにいったのだろう。そもそも、あの人は草履を履いていたかしら……？

考えようとするも、何だか頭がぼんやりとして、一向に考えがまとまらない。疑問に思うことは、幾つもあるはずなのに。

　足を止めた結月の耳に、応接間の扉の向こうから女性の声が響く。

「ああ、あなた、ようやく会って下すったのね。あたくしが話しかけても、ずっと無視するばかりでしたのに。ねえ、どうしてあたくしを怖がっていらしたんですか。あのとき、約束してくれたじゃありませんか。死んでもずぅっと側にいるって」

　ねっとりと肌に纏わりつくような声は、あの紅い唇から発せられているのだろう。女性が男性にしなだれかかる様子まで見えるような、そんな声だった。

　はらり、はらり、はらり。

　白い――いや、赤い花びらが床へと落ちていく。

　爽《さわ》やかなお香のような匂いが、錆びた鉄の臭いへと変わる。

「ねえ、あなた、これからも一緒にいて下さるのでしょう？　ほら、答えてくださいな。……どうして、なにもおっしゃってくださらないの。……答えて下さい、ほら、早く！　今日が最後なんですよ。あなたを連れていくのは、今日しかないのよ！　私をひとりで逝《い》かせるつもりなの⁉」

　女性の金切り声と共に、どんっと激しく扉が鳴った。結月はびくりと肩を震わせる。頭に纏わりついていた霞《かすみ》が振り払われたような気がした。

……今のは、一体何なのだろう。


どうしてあの女性は、誰もいない応接室で、叫んでいるのだろう。

だってあの男性は、人じゃないのに。

旦那様がつくった、　　なのに――。


結月は応接間にふらふらと近づいた。扉の前に落ちた白いショールに気づき、屈んで拾い上げようとする。

指先がレェスに触れた途端、脳裏に誰かの映像が流れ込んだ。

薄暗い天井と、覗き込む男の顔。男が泣きながら握るのは、青白く瘦せた己の手。冷たい頰を伝う涙だけが、やけに熱い。


――ああ。あなた、あなた。

苦しいわ。悲しいわ。

怖いの。あなたと離れ離れになることが。

どうか、ずっと側にいて。私をひとりにしないで。

ああ、怖いわ。死ぬのは怖いのよ。寂しいのよ。

あなた、どうかお願いよ。

これからも、私だけを愛して。私の側にいて。

ずっと、一緒よ。約束よ。ずっと、ずっと、ずっと、ずっと、ずうっとよ……

――。


「――結月くん」

「っ……」

肩に手を置かれて、結月は息を呑む。見上げた先には、苦笑を浮かべる涼の顔があった。

「だ、旦那様……」

「食堂に戻るよう、言っておいただろう？　言いつけは守りなさい」

涼は結月の腕を引いて、ゆっくりと立たせた。乱暴ではないが、有無を言わさぬ強さで背中を押して応接間から離れる。

背後では女性の金切り声や物音が激しくなっていたが、涼は一向に構わずに結月に話しかける。

「君は思った以上に、いろいろなものが見えるようだね。あまり入り込み過ぎるとよくないよ。……巻き込んだ私が言えることではないけれどね」

食堂まで連れてきた涼が、椅子を引いて結月を座らせる。両肩に重みと圧がかかった。

「旦那様、これは一体……」

「さあ、そろそろ客も帰る時間だ。君も起きるといいよ」

——ぱんっ。

結月の頭の後ろで柏手《かしわで》を打つ音が響いた。


……紅茶の香りがする。

漂ってくる湯気の元を見れば、白いカップの中で揺れる赤い水色《すいしょく》の茶があった。

「飲みなさい。落ち着くよ」

言われるまま、結月はカップを持ち上げて口を付けた。

揺れる赤茶色の水面。喉を流れて腹に溜まる温かさと指先に伝わる熱で、己の体が冷えていたことを知る。独特の苦みが口の中に広がり、妙な香りと味がした。

やはり紅茶は苦手だ。眉をわずかに顰《ひそ》めたのが分かったのか、くすりと笑う声がする。

「今度、牛乳と砂糖を入れて作ってあげようか。甘く煮出したものは、閑子も好きなんだ」

閑子。奥様の名前だ。

奥様……そういえば、奥様はどこに行ったのだろう。

「奥様は……」

顔を上げた結月は、向かいの席に頬杖をついた涼がいることに気づいた。そして、自分も同じテーブルに着いて、紅茶を飲んでいることに。

雇い主と同じテーブルに着くなんて、と結月は慌てて席を立とうとするが、涼がそれを止める。

「そんなに畏まらなくていいよ。君は遠慮しすぎるところがあるね。今は休憩と思って、少し私の話し相手をしてくれないかな？」

「は……はい」

結月は躊躇《ためら》いつつも浮かせた腰を席に戻した。

主人の許しは得たものの落ち着かない結月に、涼は「どうぞ」と花柄の大きな皿を差し出してくる。皿には、茶色く丸い揚げパンが山のように積まれていた。表面に白い砂糖がたっぷりとまぶされた、ドーナツという菓子だ。涼の好物らしく、週に一度はお土産と称して持って帰ってくる。

甘く香ばしい匂いにつられ、結月の腹がぐぅと小さく鳴った。お昼前だからか、と食堂の壁かけ時計を見やれば、昼の二時を過ぎていた。

「え……⁉」

いつの間にこんな時間になっていたのだろう。朝の十時半頃に洗濯を終えて、艶拭きをしようとしたところで涼に頼まれて紅茶を入れて、その最中に来客があって……。まだ一時間も経っていないはずなのに。

「もっ、申し訳ございません！　私、お昼の準備をして参りますっ」

「昼食はこれでいいよ」

涼は自分の分のドーナツを手に取ってかぶりついた。切れ長の目が嬉しそうに細められ、砂糖がついた薄い唇が緩む。人形のように整った顔が、幼い子供のように無邪気なものになった。

美味しそうに食べる涼に「ほら」と再度勧められ、結月はしばらく迷った後、ようやく手を伸ばした。

「い……いただきます」

両手で持って一口かじると、まずは甘い砂糖、それからほんのりと甘い、小麦の生地の味がする。油で揚げてあって香ばしく、どっしりと食べ応えもあった。

気づけば一個たいらげてしまった結月は、二個目に手を伸ばしていた。その間にも、涼は三個のドーナツをお腹に収めている。そういえば、以前、『涼さんは甘いものがたいそう好きなのよ』と閑子が言っていた。

山盛りだったドーナツの皿が空になり、紅茶も飲んでお腹が落ち着いたところで、涼は話を切り出す。

「さて、君はどこまで覚えているかな？」

「覚えて……？　その、先刻のお客様のことでしょうか？　黒い着物の女性を応接間にお通しして……」

答える結月の頭の中に、記憶がよみがえってくる。

黒い和服の女性。応接室の男性。甘ったるい声。金切り声。激しい音。それに、紅い唇と、赤い花びら。耳に残る、女性の悲痛な声。

一連の出来事を思い出した結月は、頬を強張らせた。

「……あの女性《かた》は一体何だったのですか？　応接室にいた男性《かた》はどうなったのですか？」

「やれ、全部覚えているようだね」

涼は苦笑を浮かべる。それは、応接間の前に留まっていた結月を窘《たしな》めたときと、同じ表情だった。

「……僕の仕事の一つでね。先日、相談を受けたんだ。先々月に奥方を亡くした男性から、奥方が自分を迎えにやってくる、とね」

若い妻を亡くし初七日を迎えた日、男はふと、妻が側にいるような気がしたという。

姿は見えずとも、気配やかすかな声が耳に届く。最初は、妻が死んだ事を悲しむ心が、妻の姿を思い出させているのだと思った。

だが、その七日後、再び妻の気配がする。以前よりもはっきりと、声や気配を感じたそうだ。次の七日後、そしてその次も、姿は見えずとも気配を感じた。

次第に強くなっていく妻の気配に、男は最初こそ、亡くなった妻が戻ってきたことを嬉しく思ったが、徐々に恐れを抱いていった。

妻は『あなた、約束を果たしてくださいまし』『いつになったら、一緒に来てくださいますの』と耳元で囁《ささや》く。ねっとりと耳に纏わりつき、こちらへ来いと誘《いざな》う声だった。

男は、床に臥《ふ》せる妻の枕元で交わした約束を思い出した。

死ぬのが怖い、寂しいと病で体も心も弱る妻を励ますため、強く手を握りながら『これからもずっと、君と一緒だ』と告げたことを。

妻がその約束を果たそうとしている……自分を共にあの世へと連れて行こうとしているのだと気づいた男は、妻を恐れた。

神社や寺に行って相談したが、妻の声は止むことは無かった。お札《ふだ》や塩、酒などで家の中を清めれば、妻の声に恨めしく責める響きが混じった。

『なぜ答えてくれないの！　約束したじゃないの！』

ついには恐ろしい形相を浮かべた妻が現れ、夜中に男の上に乗って首を絞めてきた。

男は最後の綱とばかりに涼に依頼をしてきた。それが七日前のことだという。

「人は、死んでから四十九日後にあの世に旅立つ。七日毎《ごと》に、奥さんは旦那を迎えに来ていたそうだよ。……そして今日が、最後の七回目、四十九日だったんだ」

涼が袂《たもと》から何かを取り出してテーブルに置く。

手のひらほどの大きさの木の板だ。頭と手足がついた木の人形《ひとがた》で、首の部分に白髪交じりの髪が括《くく》り付けられている。

胴体には、墨で何かが書かれているようだが、人形は縦に真っ二つに割れているうえ、強い力で擦《こす》ったように文字が滲んで読めなかった。

「身代わりだよ。彼の名前と生年月日を人形に書いてもらって、髪の毛を付けた。……君が応接間で見たものだ」

応接室にいた男の後ろ姿。来客ではなかった。

人形が、人間の姿をとったもの。

「依頼人は、私の知人の寺でこの一週間、物忌《ものい》みをしてもらっている。彼の身代わりの人形を今朝がた、知人に送ってもらったんだ。夫の気配を追った妻は、この家に辿《たど》り着いた」

それが、黒い着物を着た女性であった。

「四十九日を終えれば、彼女はこの世に留まれなくなる。彼を連れて行こうと必死だったのだろうね。……身代わりを連れて行ったようだ」

壊れた人形に幾つも付いた、赤黒い小さな楕円形の模様。花びらのようにも見えるそれは、まぎれもなく、女性の細い指先の跡だった。

結月の背筋がぞわりと粟立つ。執念を残す跡は生々しく、自分が会った女性が人間ではなかったことを今さら実感した。

血の気を引かせる結月を気遣ってか、涼は木の人形を袂に戻す。

「これは明日、寺で焚《た》いて供養してもらうよ。……君を『取次ぎ』に出してしまって、悪かったね。一応、守りは付けていたのだけど」

涼は反対側の袂から、白い花を取り出した。薄い和紙で作られたそれは、門柱に飾ってある花と同じだ。結月の髪に挿してあったのは、これだったのか。

「穢《けが》れを代わりに受けてくれる。それに、君にも家にも術を掛けて結界を張っていたのだけれど……」

頭がぼんやりとしていたのは、涼の術を掛けられていたせいだったようだ。

涼が言うには、結月の意識に薄い膜を掛けて、相手の霊の影響を強く受けないようにしてくれていたらしい。だが、それでも最中に術が破れてしまった。

「君は見える分、影響を受けやすいようだ。血筋かな？」

「……」

結月に普通の人には見えないものが見えることは、涼を含む天方家の皆が知っている。だが、母が梓巫女《みこ》として口寄せやお祓《はら》いをしていたことまでは話していなかった。どこまで話していいかも分からなかった。

答えられずに俯く結月に、涼は機嫌を損ねた様子も無く、唇の端を上げる。

「まあ、何にしろ、君がいて助かったよ。私が直接応対して警戒されても困るし……閑子を客に会わせるわけにはいかないしね」

閑子は霊であり、普通の人間の客の対応はできない。しかし、今回の来客は幽霊だったのだし、もしかすると結月よりも閑子の方がうまく対応できたのではないだろうか。

結月はそう考えたが、涼は閑子が他の霊と接することをあまり望んでいないようだ。たしかに、あんな恐ろしい霊に閑子を会わせたくはないだろう。

だが……。

ふと、結月は疑問を抱く。

そもそも、閑子がこの家にいることが不思議だ。結月の知るところでは、少なくとも三か月前から閑子は幽霊になっている。死者がこの世に留まる四十九日はとうに過ぎているはずだ。

なのに、何故この世に閑子は留まっているのか。

――どうして、閑子は幽霊になったのだろうか。

疑問に思ったが、それを涼に尋ねることは躊躇われた。

家に来たばかりの女中として、家内の事情に口を出すことが憚《はばか》られたせいもある。だが、一番は、閑子が幽霊であろうとなかろうと、結月が彼女にこの家にいてほしいと思っているからだ。

天方家に来てまだ二週間と経っていないが、結月は閑子をたいそう慕っている。結月が口を出すことで、閑子や涼に困った思いをさせるのは嫌だった。だいたい、天方家では不思議なことが度々起こるのだから、閑子が幽霊であることだって、きっと問題ないはずだ。

「……」

結月は苦い紅茶と共に疑問を無理やり飲み込んで、曖昧に頷き返した。

＊＊＊

結月は夕暮れの町を急ぎ足で帰っていた。

腕には、明日の朝ご飯用の卵と野菜の入った籠と、香ばしい油の匂いをまとわせた紙袋を抱えている。

今日は午後から何かと慌ただしかった。女性の霊の来訪によって、気づけば午後二時を回っていたせいだ。

予定していた艶拭きの作業は結局行えなかった。涼とのお茶の時間を終えた後、結月は急いで風呂の焚きつけをし、乾いた洗濯ものを取り込んで火熨斗を当てたものだ。

そして気づけば午後四時半を過ぎていた。今日の夕食の献立を閑子に相談するため探そうとしたが、閑子はサンルームで休んでいると涼が答える。

どうやら、閑子は珍しく眠っているらしい。幽霊の睡眠がどのようなものかはわからないが、せっかく眠っているのを無理に起こすわけにもいくまい。

どうすればと結月が困っていると、涼はあっさりと答えた。

『コロッケが食べたいな』

『コロッケ……ですか？』

コロッケは、カレーライス、カツレツに並ぶ人気の洋食だ。『今日もコロッケ、明日《あす》もコロッケ』といった軽快な唄にもなっているくらいで、結月も名前だけは聞いたことがあった。

しかし、実際に食べたことはないし、もちろん作り方を知っているはずもない。

焦《あせ》る結月の思考を読み取ったのか、涼は小さく吹き出した。

『作ってくれとは言わないよ。あかつき商店街の総菜屋に売っているんだ。美味しいよ』

うん、コロッケにしよう、と涼はすっかりその気になって頷き、結月に財布を渡してきた。

そして、結月は無事に総菜屋でコロッケを買い、帰路についているわけである。

手にした紙袋には、コロッケが六個入っている。一個二銭という安さで、総菜屋の店頭にはコロッケを求めて並ぶ客が多かった。

たっぷりの油が入った大きな鍋では、握りこぶしほどの大きさの丸いコロッケが揚げられていた。じゅわじゅわと音を立て、狐色にこんがりと揚がったコロッケ。

一体どんな味がするのだろう。

初めてで興味津々に見ていると、店の人がコロッケのことを教えてくれた。

細切れ肉をさらに細かくして炒めて味付けし、ふかした馬鈴薯《ジャガイモ》と混ぜて丸め、パン粉を付けて揚げるのだという。ラードで揚げるのがコツだが家庭では難しいそうで、美味しいコロッケを食べたいときには店に来てね、という宣伝付きだった。

匂いを嗅ぐだけでお腹が空いてきて、ドーナツで膨れたはずの結月の腹は、きゅうと切なく音を立てた。

結月は揚げたてのコロッケが入った紙袋を大事に抱える。冷める前に帰らなくてはと小走りに急いでいると、前方に学生服を着た少年の後ろ姿が見えた。

ぴんと伸びた背筋。藤色の竹刀《しない》の袋。

漣だ。

気づいた結月の足が、わずかに重くなる。

――声を掛けるか、掛けていいものか。

迷ったのは数秒で、結月は一つ大きく息を吸い、足を踏み出した。

「れ……漣坊ちゃんっ」

思い切って声を掛けると、少年――漣が振り返る。

結月に気づいた漣は目を瞠《みは》った後、不機嫌そうに眉を顰《ひそ》めた。一瞬怯《ひる》みそうになったが、結月はそのまま話しかける。

「い、今お帰りですか？」

「ああ……うん」

漣は顰め面ながらも、ちゃんと返事をしてくれた。結月はほっとしたものの、はたと我に返る。

声を掛けたはいいが、何を話せばよいのだろう。普段、家ではほとんど会話を交わすことが無いのだ。「学校はいかがでしたか」「楽しゅうございましたか」と聞くのも今さらである。

漣も漣で、どこか困ったような、怒ったような目で結月を見てくる。気まずくなって互いに無言になったとき、漣が手を前に出した。

「……持つよ」

「え？」

「荷物。どちらか寄越しなよ」

「え、あ、いえ、そんな……」

「いいから」

渋る結月に痺《しび》れを切らした漣は、空いた手で籠の取っ手を摑《つか》んで取り上げた。無理に取り返すわけにもいかず、結月は恐縮しながら礼を言う。

「ありがとうございます」

「別に、礼を言われるほどのことじゃない」

素っ気なく返した漣は、さっさと歩き出してしまう。その後を、結月は慌てて追いかけた。

「……」

「……」

結局、無言で歩くことになる。居《い》た堪《たま》れない空気に、何か話題は無いかと考えあぐねる結月の耳に、小さな音が聞こえた。

ぐぅ、とお腹が鳴る音。

寸の間、自分のものかと思って焦ったが違ったようだ。再び聞こえた小さな音は、結月の斜め前からした。

音の方を思わず見ると、学生帽の下、漣の白い耳が赤くなっている。

「……今日は道場に行っていたから」

肩に担いだ竹刀の袋を抱えなおしながら、漣は仏頂面で呟いた。

激しい練習でお腹が空いているのだろう。道場がある日は、お弁当だけでなく、おにぎりを余分に持たせた方がいいのかもしれない。考えながら、結月ははっと思いつき、コロッケの袋を差し出した。

「あ、あのっ、良かったら、どうぞ」

「……」

「コロッケです。その、揚げたてです。美味しいそうです」

「知ってる。……夕飯の分が無くなるんじゃないの」

「あっ……だ、大丈夫です！」

一人二個ずつ——閑子は食べられないので、涼と漣と結月の三人分買ってある。結月の分を一個減らせばいいだけだ。

袋を探り、コロッケを買った時にもらった半紙で一個包んで差し出せば、漣はしばらくそれを見つめた後、素直に受け取った。だが、口には運ばずに結月に尋ねてくる。

「半紙は？　まだある？」

「え？　は、はい」

「ちょうだい」

言われるままに紙を渡す。漣は学生鞄を小脇に挟み、器用にコロッケを二つに割って、半分を半紙で包んで突き出してきた。

「……？　あの……」

「つまみ食いしたなんて知られたら、父さんに何を言われるか分からないから。あなたも共犯だよ」

ぐい、と手に半紙を押し付けられて、結月は咄嗟《とっさ》に受け取ってしまう。

漣はすぐに結月から離れると、大きく口を開けてコロッケにかぶりついた。綺麗な顔立ちなのに、豪快な食べっぷりである。咀嚼《そしやく》する口元が緩んで無邪気な顔つきになるところは、涼とよく似ていた。

漣が美味しそうに食べるから、余計にお腹が空いてくる。手元からは香ばしい匂いもする。『買い食い』というのは初めてだ。はしたないかしら、と緊張しながらも、結月は匂いの誘惑に負けて小さくかじりついた。

かりかりの衣が音を立て、口の中にじゅわっと油が広がる。中身の熱さに口を思わず開き、はふ、と息を零しながらも咀嚼した。

しっかり味付けされた細切れ肉の塩気と旨味が、ふかした馬鈴薯と混ざり合う。油と馬鈴薯がこんなに合うなんて知らなかった。お店の人が言っていた通り、ラードの旨味も加わって、美味しい。本当に美味しい。

初めて食べるコロッケに、結月は感動して声を上げる。

「美味しいです……！」

「……知ってる」

漣が呆れたように結月を見やる。

綺麗な顔に浮かぶのは苦笑だ。眉間《みけん》に皺は寄っているが、いつになく柔らかい漣の表情に結月は内心で驚いた。

だが、すぐに我に返って、頬を赤くして俯く。コロッケを食べ慣れているであろう漣に、当たり前のことを言ってしまっていたのだと気づいたからだ。呆れられるのも仕方ない。

恥ずかしくなって落ち込みながらも食べるコロッケは、それでもとても美味しくて、結月はあっという間に食べてしまった。

＊＊＊

その夜、結月は台所で夕食の片付けをしていた。流し台で食器を洗い、横の水切り台に置いて水を切る。水気が粗方《あらかた》取れたら、布巾で拭きあげて食器棚にしまう。

お椀を拭きながら、結月は夕食時のひと騒動を思い返す。

今日の夕食は、涼と漣と同じテーブルで一緒に食事を取った。主人と同じ席なんてと恐縮するも、涼に押し切られる形で席に着いた。漣は相変わらずの顰め面だったが、特に文句は言わなかった。

久しぶりに、誰かと一緒にご飯を食べた。野宮家では女中仲間と食べることもあったが、結月を避ける者も多かったため、一人で黙々と食べることが多かったのだ。

「……」

コロッケを載せていた白地の皿を手に取った結月は、ふっと頰を綻《ほころ》ばせる。

一個減ったコロッケに気づいた涼が、「じゃあ、半分こしようか」と結月に半分寄越そうとしたことを思い出したのだ。慌てて断る結月に、今度は漣が涼の代わりにコロッケ半分を箸で切り取った。なんでも、このままでは自分が一番多く食べてしまうからと、律義に等分しようとしたらしい。もちろん、結月はこれも急いで断った。

漣はどこか不服そうにしていたが、結月は二人の気遣いが嬉しく、それだけで十分だった。

『はい、半分こ』

母が生きていた頃、そうやってよく食べ物を分け合った。

母子二人の旅暮らしは決して楽ではなかった。時折、お金に余裕のある時にだけ小さな菓子を買って、母と寄り添って半分こして食べる時間が結月は好きだった。

『これおいしいねぇ、お母さん』

『うん、おいしいね』

食べ物を分け合って、美味しさと幸せを共有する時間。

そんな時間を久しぶりに過ごせたことが、結月の胸をほんのりと温かくする。

天方家に来られてよかったと改めて思う。己の力を隠すことも怯《おび》えることもない。天方家の人達は、結月を受け入れ、時折、家族の一員のように扱ってくれる。

このまま、天方家《ここ》でずっとお勤めすることができればいいのに……。

考えていると、戸口から学生服姿の少年が顔を出した。漣だ。

「ねえ、ちょっといい？」

結月は拭いていた皿を置き、戸口に向かう。

「漣坊ちゃん、何か御用でしょうか？」

尋ねる結月に、漣はぎゅっと眉間に皺を寄せた。

「あの、坊ちゃん？」

「あのさ……やめてくれない？」

「え……」

辞めてくれ――。

突然の解雇の宣告を受け、一瞬、結月の頭の中は真っ白になる。そして、理解すると同時に血の気が引いた。

漣によく思われていないことは分かっていた。だが、今日の帰りに荷物を持ってくれたり、コロッケを半分こしてくれたりした彼と、少し打ち解けられたのではないかと、内心で安堵していたのだ。

一緒に食卓に着いたことがよほど気に障ったか。立場もわきまえない無礼な女中と思われたか。

閑子や涼の優しさに甘えて、調子に乗っていた自分が情けない。結月は青ざめ、漣に頭を下げた。己の不甲斐なさに泣きそうになるのを堪《こら》えながら謝る。

「も、申し訳ございません、漣坊ちゃん。私に至らないところがあるのは分かっております。どうか、この家で働かせて下さい。至らない部分は直します。立場もわきまえます。だから……どうか、ここに居させて下さい、お願いします……っ」

声を震わせ、頭を深く下げて懸命に頼む結月に、漣がなぜか狼狽《うろた》える。

「なっ、ちょっと待って、急に何して……」

戸惑《とまど》う漣の背後に、閑子が顔を出したのはその時だ。

「いったいどうしたの？　漣くん、結月ちゃ……結月ちゃん？」

強張った顔の結月を見た閑子は、宙を滑るように近づき、背中に手を添わせる。

「結月ちゃん、大丈夫？　どうしたの？　顔が真っ青よ」

結月の顔を覗き込んできた閑子は、労《いた》わるように手で頬を撫でてくる。閑子の心配げな眼差しと仕草に気が緩み、堪えていた涙が零れてしまった。

結月の涙を見た閑子は、顔色を変えて漣を見やる。

「……漣くん。結月ちゃんに何をしたの？」

「僕は何も……」

「嘘おっしゃい。結月ちゃんを泣かせて……女の子には優しくしなさいと、いつも言っているでしょう！」

いつものおっとりとした雰囲気はどこへやら、ぴしゃりと強い声で物を言う閑子の剣幕に驚いたのは結月の方だ。

「あ……あの、奥様……」

「大丈夫よ、結月ちゃん。私はあなたの味方ですからね！」

「……では、辞めなくてもよいのですか？　この家にいても、よろしいのですか？」

「え？」

「は？」

ぽかんと、閑子と漣が口を開けた。

数秒後、閑子は表情を全て消した。見たことも無い青ざめた顔をして「漣くん……そんなことを言ったの……？」と低い声で問いかける。

漣は頬を引きつらせながら「違う」と首を横に振った。

「やめろって言ったのは、そうじゃなくて……」

「やめろですって⁉」

途端、閑子の周りでぶわりと風が巻き起こる。強い風が漣の身体を突き飛ばし、廊下の壁へと押し付けた。

「ちょっ……母さん、落ち着い……！」

「漣くん、あなたって子は……」

壁に磔《はりつけ》になりながら漣が呻《うめ》くが、閑子は聞く耳を持たない。結月の前に立つ閑子の顔は見えないが、発せられる冷たく重い空気に身が竦《すく》む。

「お……奥様っ、駄目です、待って下さい……っ」

止めなければ、と結月が閑子に手を伸ばしたとき、視界の端に白く大きな手が映った。すっと動いた両手が、ぱぁん、とよく響く柏手を打つ。

同時に、風がぴたりとやんだ。

「——そこまでにしようか。閑子、漣」

廊下の陰から姿を見せたのは涼だ。涼は、壁際で咳き込む漣に苦笑した。

「漣、お前は相変わらず言葉が足りないね。閑子も落ち着きなさい。力の加減ができていないよ」

「あっ！　ご、ごめんなさい、私ったら……ごめんね、漣くん」

我に返った閑子が漣に急いで近寄り、申し訳なさそうに謝る。漣は顰《しか》め面ながらも「別に」と首を横に振った。

そんな漣の頭を、涼は軽く叩いて促す。

「ほら、漣。ちゃんと言いなさい。どうやら、結月くんに誤解されているようだから」

「……」

「漣」

「……女中をやめろって言ったわけじゃない。やめてほしいのは……」

漣は少し言い淀《よど》み、やがて小さな声で答えた。

「……『坊ちゃん』は、やめてくれ」

「え……？」

「僕はそんな子供じゃない。だいたい、大して年も離れていないあなたに言われると、小さな子供扱いされているようで……」

言葉を濁《にご》して横を向く漣の耳は赤くなっており、結月は涙の残る目を瞬かせて彼を見る。

結月と同様に目をぱちぱちと瞬かせた閑子は、「あら、なぁんだ」と頬を緩ませた。

「そういうことだったのね。もう、恥ずかしがり屋さんなんだから、漣くんは」

「言う前に勝手に怒ったのは母さんだろ」

「だって、結月ちゃんを泣かせていたんですもの！」

「彼女が勝手に誤解して泣いたんだ！」

結月は閑子と漣が言い合う姿を見ながら、今度は頬に血が上っていくのが分かった。

とんだ勘違いをしてしまった。

結月は再び青ざめ、急いで頭を下げる。

「も、申し訳ございません！　私、その、てっきり……！」

「結月くんが謝ることではないよ。そもそも漣があんな態度を取っているから、誤解をされるんだ」

ねえ、と涼が言うと、漣は気まずげに目を逸《そ》らしてしまった。

「何にせよ、誤解は解けたね。……結月くん」

「は、はいっ！」

「君を辞めさせるなんてことは無いから、安心なさい。むしろ、私たちは君が来てくれて本当に助かっているんだよ」

「そうよ。あなたのおかげで、涼さんも漣くんも温かいご飯を食べられるんだから！」

力強く閑子が頷いて、結月を抱きしめる。もっとも幽霊である閑子が実際に抱きしめることはできない。ほんのりと冷たい感触が伝わってくるだけだったが、ほっとして思わず涙ぐみそうになる。

ここで泣いてはまた心配をかけてしまうと、結月はきゅっと唇を結んで、笑みを作った。

「……ありがとうございます」

礼を言って頭を下げる結月に、涼も閑子も温かな笑みを見せた。ただ一人、漣だけはそっぽを向いたままであった。

＊＊＊

ちちちっ、と外から鳥の鳴き声が聞こえる。

朝の六時。身支度を済ませた結月が窓を開ければ、いつも通り木の枝に小鳥がとまっていた。

「おはよう」

声を掛ければ、黒い頭に白い頬と白いお腹を持つ小鳥——どうやらシジュウカラという種類らしい——は、ちっちー、と小首を傾げた。

可愛い仕草に目を細めながら、結月は「ちょっと待ってね」と文机の上に置いていた半紙を取り、包んでいたビスケットを出した。

元々は、野菜の切れ端をあげようと思っていたのだが、閑子に相談したら、しばらく考えていた彼女が笑顔で言ったのだ。『その子だったら、お菓子の方がいいかもしれないわ』と。

お菓子を鳥にあげて大丈夫かと思ったが、悪戯めいた笑みを見せた閑子は、余っていたビスケットを結月にくれた。

啄《ついば》めるよう、ビスケットを小さく砕いて窓枠に置いた後、窓から離れる。小鳥はしばらくきょろきょろと辺りを見回していたが、枝から窓枠へと飛び移った。

ビスケットの周りをしばらくトントンと飛び跳ね、やがて小麦色の欠片《かけら》を啄んだ。胸元に欠片から零れた屑が付くのも構わずに、夢中で食べ始める。

小鳥は小さな欠片全てを食べ終えると、結月の方を向いた。ちちっ、と囀《さえず》りながら、まるで一礼するように前傾姿勢を取った後、小鳥はいつものように飛び去ってしまう。よたよたと身体が若干重そうではあったが、見上げた暗い空の向こうに消えていった。

――また来てくれるかしら。

小さな友達を見送った後、結月は残りのビスケットを仕舞って、割烹着に腕を通した。

＊＊＊

開いた窓から、小鳥が入ってくる。

机の上に降り立ったのは、黒い頭に白い頬、白い腹を持つシジュウカラだ。しかしその白い胸元、ネクタイのような黒い線のそこここに、何か菓子の屑のようなものが付いている。どことなく、お腹もいつもより丸く見えた。

見咎《みとが》めた漣は、シジュウカラに尋ねる。

「……お前、何食べてきたんだ？」

漣の問いにシジュウカラは、焦った様子で首を横に振って否定する。そんなシジュウカラを咎めるように、窓の方から「チュンッ」と鳴き声が響いてきた。

声の主は、窓枠に止まった赤茶色の羽のスズメだ。そのスズメの隣に、明るい緑色の羽を持つメジロも降り立って「ヂヂッ」と険のある声を出す。

剣呑《けんのん》な二羽に対し、シジュウカラはつんとそっぽを向いた。途端、スズメとメジロの鳴き声がけたたましくなる。

静かな朝の部屋、小鳥達の囀りは大きく響き、チィチィピィピィと喧《やかま》しい。

漣は眉間に皺を寄せて頭を押さえた。何しろ、彼の頭の中では鳥の鳴き声だけでなく、彼らの話す言葉まで聞こえるのだ。

曰く――。

『この者、娘から〝びすけっと〟をもらって食べておりました』

『すべて一人でたいらげおって、意地汚いやつめ』

スズメとメジロが責めれば、シジュウカラが言い返す。

『娘の見張りを我《われ》にまかせたのは、其方らでありましょう。我《われ》のやり方に、文句を言われる筋合いはございませぬ』

小鳥達は、漣が契約を交わした式神である。それぞれ、スズメを二号、メジロを三号、シジュウカラを四号と名付けている。名前の通りの順で式神にした。

彼らに結月の見張りをするよう言いつけたところ、式神になりたての四号にその役が振られたようだ。しかし、どうも四号は結月に懐《なつ》いている節があり、それを二号と三号が咎める。

『そういう問題ではない。娘に不用意に接触するなと前々から言っているだろう。見張りの意味がない』

『大体お主、おこぼれをもらうなぞ、式神として恥ずかしいとは思わぬのか！』

『ふんっ。何とでも仰《おっしゃ》いませ。どうせ其方らも、びすけっとが食べたかっただけでしょう！』

彼らの会話は、主である漣にすべて筒抜けだった。

見張りの話からビスケット論争へと次第に熱量を増す小鳥達に、思わず溜息が零れた。漣は頭を押さえながら「黙れ」と一言言う。

途端、ぴたりと鳥の声が止んだ。喧々囂々《けんけんごうごう》としていた室内に落ちた静寂に、ひらりと風を切って漣の肩に降り立ったのは一羽のツバメだった。漣が最初に式神にした一号だ。

黒い翼と澄んだ目が美しい彼は、ピィと小さく鳴く。

『漣様。私が見張りを替わろうか』

「……いや、いい」

天方家にやってきた新しい女中・若佐結月に見張りの式神をつけるようになって、一週間以上経つ。その間、漣がいない昼の間も彼女は真面目に家事に勤《いそ》しみ、妙な素振りを見せることは無かった。

天方家では日常茶飯事の怪異に何度も出くわしているようだが、以前の女中達のように怯えて逃げ出す気配も無い。まあ、霊体《れいたい》である閑子と普通に会話を交わしている時点で、今までの女中と違うのだが。

挙句には、暢気《のんき》に式神に……どうも式神だと気づいていないようで、挨拶する始末だ。

少しでもおかしなところがあれば、すぐにでも追い出してやろうかと思っていたのに――。

何も手ごたえが無くて拍子抜けというか、むしろ彼女を認めざるを得ない状況になっていた。

漣の脳裏に、涼の澄まし顔が蘇《よみがえ》る。

『わざわざ見張りをつけるのかい？　無駄だと思うけどねぇ』

まあ、式神を使う練習にはなるかなぁ、と暢気に言っていたものだ。父の言うとおりになるのはなんだか腹立たしい。

「……今まで通り、四号が見張りを続けろ」

漣は溜息と共に指示を出して、式神達を窓の外へと追い出す。

あの様子では、今後は二号や三号もお菓子をもらいに行くかもしれない。見張りの対象に絆《ほだ》されてどうすると叱りつけたいが、式神の不甲斐なさは同時に使役者《しえきしゃ》である漣の頼りなさである。

「……」

何度目かの溜息をついて、漣は身支度を整えた。

皺の無い綺麗な白いシャツと、きっちりと折り目の付いたズボンに着替える。シャツには糊《のり》がきいていて、肌触りも心地よい。自分で洗濯したときは、こんな風にならなかった。

眉間に皺を寄せつつ、授業の予習をする。七時を過ぎた頃、一階に降りて食堂に入ると、すでにテーブルに朝食が用意されていた。

炊き立てのご飯に温かい味噌汁。味噌汁にはちゃんと具が入っているし、芋の煮つけや小魚の佃煮までついている。……自分で炊事をしていた時の侘《わび》しい食卓を思い出すと、少々複雑な気持ちだ。

漣がテーブルの前に佇んでいると、縞柄の着物に割烹着を身に着けた結月が台所からおひつを運んできた。漣に気づいた彼女は、少し緊張した面持ちながらも挨拶してくる。

「おはようございます」

「……おはよう」

彼女を見た途端、今朝の式神達との出来事を思い返してしまった。仏頂面になりそうなのを堪えていると、結月が尋ねてくる。

「あの、漣さん。今日は道場に行かれますか？」

「あ……ああ、うん」

「おにぎりは二個でよろしいですか？」

漣が頷くと、結月はほっと表情を緩め、小走りで台所の方に戻った。

席について一人朝食を取っていると、欠伸《あくび》をしながら涼が食堂に入ってきた。この時間帯に起きてくるのは珍しい。涼は気だるげな眼差しでこちらを見てくる。

「やあ、おはよう」

「おはよう」

淡々と返して食事を続けていると、前髪をかき上げた涼はどこかにやにやとした表情を浮かべていた。

「……何？」

「いやあ、よかったね。『漣さん』？」

「……」

先日の夜の出来事が漣の脳裏を過《よ》ぎり、思いきり顔を顰める。

自分の態度や言葉少なさが原因とはいえ、まさか家族全員を巻き込んでの騒動になるとは思ってもいなかった。思わぬところで結月を泣かせた罪悪感も、いまだに漣の中にある。

あの後、『坊ちゃん』から『漣さん』という呼び方に変わったことも、少し慣れない。実は結月だけでなく、漣も朝のやり取りは緊張しているのだ。

こっちは矜持《プライド》もあって、必死で隠しているのに。父のこの、何でも見通しているような態度が本当に腹立たしい。

仏頂面のまま、漣はご飯をかきこみ、味噌汁で流し込んだ。席を立って食堂を出れば、ちょうど結月と出くわす。

「あ、漣さん、お弁当です。それからおにぎりを……」

風呂敷に包んだ二つの包み。

先日から彼女は、漣が剣道の道場に通う日には弁当とは別に、おにぎりを用意してくれる。大きなおにぎりの具は、漣の好きな昆布と鰹節の佃煮。沢庵を添えて竹皮に包み、小さな風呂敷で覆《おお》われたそれは、まだほんのりと温かい。

結月はコロッケを半分にした時の会話を覚えていて、漣におにぎりの件を話してきた。……本当なら、あの騒動のあった夜、漣が頼もうと思っていたことだ。騒動でうやむやになってしまった翌朝、結月から話を出され、心を見透かされたような気がした。悔しいような、歯痒いような気持ちは未消化なままだ。

「……ありがとう」

ぼそりと礼を言って受け取ると、結月がはにかみ、控えめに笑顔を見せる。思えば、結月は漣の前ではいつも強張った顔をしていた。笑顔を向けられたのは初めてで、漣は内心で狼狽える。

……絆されているのは、式神だけじゃない。自分も少し、絆されかけている。それが、気に食わないのだ。

顰め面で耳だけを赤くして弁当を受け取る漣を、涼が楽しそうに眺めていた。

閑話　色硝子の蝶

天方《あまがた》家の応接間は、玄関から入ってすぐの左手にある洋室だ。

家を訪れるお客様を通す部屋であり、玄関ホールと同様に毎日の掃除は欠かせない。

艶《つや》を帯びた木目の美しいテーブルや本棚、飾り棚やソファーなどの調度品に傷をつけないよう、しかし埃《ほこり》は残らぬようにと丁寧にはたきを掛けて、固く絞った布巾と乾いた布巾で拭き上げる。

最初の頃は勝手が分からず——何しろ洋室の掃除をするのは初めてだったのだ——、緊張して掃除をしたものだ。掃除は大変だが、応接間はお気に入りの場所の一つでもあるため、綺麗に保つことは遣り甲斐があった。

それに、活動写真に出てくるようなモダンな内装と調度品の数々は、異国に足を踏み入れたような心地になって、入る度にどこか浮足立ってしまう。

結月の心を躍《おど》らせるものは他にもある。それは、東側と南側にある大きな窓の一部に嵌《は》められた色ガラスだ。

透明な窓ガラスの一部には、絵画のように様々な色のガラスが嵌め込まれている。この絵画のようなガラスは、ステンドグラスというそうだ。

鮮やかな花が描かれており、赤や濃い桃色、黄色、橙《だいだい》、緑色のガラスが、外の光を透かしてきらきらと輝く様がたいそう綺麗で、思わず見惚れてしまう。

今日もまた、床に落ちる色のついた光を見ながら絨毯《じゅうたん》を掃いていると、ふと光の中で影が動いた。

ひらひらと飛んでいる影は、四枚の翅《はね》を動かす蝶だ。

窓の外にいるのだろうか、と顔を上げた結月は目を瞠《みは》った。

東側のステンドグラスの中に、蝶がいる。白い翅をもつ小さな蝶だ。

「ん……？」

――蝶なんて、描かれていたかしら。

不思議に思って窓を見つめていると、蝶の白い翅が小さく動いた。

「えっ」

色ガラスの中を白い蝶がぎこちなく動いて、濃い桃色の薔薇《ばら》へととまる。

すると、薔薇の色が移ったかのように白い翅が桃色に染まっていった。桃色になった蝶はまたひらひらと飛んで、今度は黄色の薔薇へととまり、翅を黄色へと染める。

目の錯覚かと思ったが、蝶はひらりひらりとガラスの中を飛んでいる。結月は思わずステンドグラスに近づき、蝶へと手を伸ばした。

すると、蝶は逃げるようにステンドグラスの端へと消えてしまう。かと思えば、隣の普通のガラス窓に蝶の影が映った。まるで窓の外を飛んでいるかのように、蝶の影は桃色の光と黄色の光をはらはらと零《こぼ》しながら移動する。

目で追っていると、南側にあるステンドグラスの中に再び蝶が現れた。白色に戻った蝶は金盞花《きんせんか》へととまり、蜜の代わりに色を吸うように、金盞花の橙色を吸い上げて染まっていく。鮮やかな橙色へと変わった蝶は、やがて満足したように翅の動きを止めた。

結月が近づいても、今度は逃げることなく、蝶はステンドグラスの中に納まっている。

四枚の翅に、細い針金のような足と触覚。先ほどまで確かに動いていたのに、今はすっかり色ガラスの一部となっていた。伸ばした指先には、固く冷たいガラスの感触しか伝わってこない。

今見たのは幻だったのだろうか。しかし、橙色の蝶がとまる金盞花や、東側にある二輪の薔薇だけガラスの色が抜けていることが、幻ではないことを示している。

あとで閑子《しずこ》に尋ねるとこう返ってきた。

――ああ、蝶々さんね。春になるとよく来るのよ。

ほら、ステンドグラスの花、いつも満開で綺麗でしょう？　ついつい寄ってしまうそうよ。お腹が空いたときに丁度いいからって。

でも、せっかくの色ガラスの色を吸い上げてしまうのが困りものね。今年も色を塗り直さないといけないかしら。結月ちゃんは何色が好き？

閑子はうきうきと尋ねてくる。一緒に塗りましょうね、と楽しそうな彼女に、結月もつられて笑顔になった。

余談ではあるが、サンルームにもステンドグラスがあり、その一つには池が描かれ、初夏から夏にかけて小さな蛙《かえる》が遊びに来るそうだ。睡蓮《すいれん》の緑のガラスの上で寝ていたり、ぽちゃりと飛び込んだ青ガラスの水面に波紋を立てたりと、可愛らしい様子が見られるとのことである。

そちらもぜひ見てみたいものだと、結月はサンルームの掃除も楽しみになった。

第三章　天神様の迷い犬

よく晴れた五月の初め。

朝の掃除と洗濯を終えた結月《ゆづき》は、天方《あまがた》家の女主人である閑子《しずこ》と一緒に、物置や簞笥《たんす》から着物や夜具を引っ張り出した。

五月は衣替えの季節だ。冬用の厚い地の着物から、夏用の薄物へと入れ替えて整理する。夜具も同様に、冬用の重い夜具から夏用の薄いものへと入れ替えて、蚊帳《かや》を干して使える状態にしておく。夜具は梅雨《つゆ》に入る前にはほどいて洗い、中の綿を干す。着物は布の傷みや汚れを見ながら、継ぎを当てるか、仕立て直しをするかを選別し、それぞれ作業を進めていくのだ。

その入れ替えと選別のため、一階の座敷にはたくさんの鮮やかな着物が並べられていた。

「――ねえ結月ちゃん、これはどうかしら？　白地に桃色の縞《しま》が入っているのだけど、ほら、縞のところに花の模様が入っているのよ。可愛いでしょう？　きっと結月ちゃんに似合うと思うの」

「あ、あの……」

「こちらも素敵ね。柳色の地に、山吹色の花模様が映えるでしょう？　この模様、薔薇《ばら》をモチーフにしたものなの。少し派手に見えるかもしれないけれど、暗い色の帯を合わせるとぐっと落ち着くのよ」

「あの、奥様……」

「ああ、これも可愛いわ。白と黒の市松模様に、牡丹《ぼたん》の柄を入れてあるのよ。これだと、割烹着《かっぽうぎ》よりフリルの付いたエプロンが似合いそうね。うーん、でも、結月ちゃんには少し派手かしら……あ！　この水色の薄物はどう？　波紋の中の金魚の柄が涼しげでしょう。それに、こっちの明るい緑色と群青色の縞模様もどうかしら？木綿でできているの。爽《さわ》やかでこれからの季節にぴったりだわ。少し丈を詰めたら、ちょうどいいと思うの」

「は、はい……」

箪笥から出した着物を「これは初めて涼《りょう》さんに買ってもらったものなの」「これは三年前の夏に仕立てたもので」と閑子は一枚一枚広げては見せてきた。そして結月の身体に当てて見せては、次々と着物を勧めてくる。

早く仕分けをしなくてはと思うのだが、村では見たことないモダンな柄の着物には、結月も思わず見入ってしまう。

閑子は着道楽のようで、たくさんの着物を持っていた。十代の娘時代の着物から、最近のモダンな柄の物まで揃《そろ》っている。気づけば畳の上に着物が広がっていくばかりで、選別するどころではない。

刻一刻と過ぎる中、まったく選別が進まずに結月が焦《あせ》りを覚えた頃である。

「やあ、これは華やかだね」

座敷に顔を出したのは、天方家の主人である涼だ。着流し姿で襖《ふすま》に寄りかかり、怜悧《れいり》な美貌に笑みを浮かべている。

「楽しそうな所に水を差して悪いけれど、そろそろ結月くんを解放してあげたらどうだい？　閑子」

「あっ！　ご、ごめんなさい、私ったら……」

はしゃいでしまったわ、と閑子は頬《ほほ》を恥ずかし気に染めた。

「久しぶりに着物のことを女の子と話せて、つい嬉しくて……。殿方ってば、こちらがお洒落しても、ちっとも気づいて下さらないんだもの」

「そんなことはないよ。閑子の今日の着物も素敵だ。藤の花だね。まるで君のように清楚で美しくて、私の好きな花だよ」

閑子が身に着けているのは、淡い水色の地に薄紫の藤の花が描かれた着物だ。帯は白で、全体的に柔らかい色合いながらも爽やかで凛とした印象がある。

涼の言葉に、閑子は「まあ」と嬉しそうにはにかんだ。

「菖蒲《あやめ》にするか迷ったのだけれど、こちらにしてよかったわ」

「おや、そちらもぜひ見てみたいな。確か紺色の絽縮緬《ろちりめん》だったね。閑子には菖蒲も似合うよ」

「うふふ、ありがとう。……そうだわ、涼さん。結月ちゃんにはどの着物が合うと思う？　せっかくだから、私の娘時代の着物を仕立て直して、着てもらえたらと思って」

閑子が広げた着物を示して尋ねると、涼は「ふむ」と顎《あご》に手を当てて、畳一面の着物を眺める。

「……結月くんなら、この白地に桃色の縞はどうだろう。初々しくて可愛らしいから。帯は柄入りの赤や黄色の物で華やかにまとめてもいいし、黒色で引き締めてもいいかな」

「まあ！　やっぱり涼さんもそう思う？」

「ああ、でもこちらの淡い黄色も似合いそうだね」

今度は閑子と涼で「あれもいいわ」「これもいいね」と着物を選び始めてしまう。止めに入ったはずの涼もまた楽しそうで、熱中する二人を結月は止められない。

「結月くん、橙色《だいだい》の江戸小紋はどうだい？　見てごらん、丁子《ちょうじ》の花の柄が入っているんだ。丁子は貴重な香料で不老不死の霊薬と言われてね、魔よけにもなるんだよ」

「結月ちゃん、この若草色の地に白い牡丹の柄はどうかしら。綺麗でしょう？」

「あ、あの……」

二人から詰め寄られた結月が狼狽《うろた》えていると、廊下から呆れた声が掛かった。

「……こんなに散らかして、何してるの？」

藤色の竹刀《しない》袋を持った道着姿の漣《れん》が、怪訝《けげん》そうに眉を顰《ひそ》めている。

「あら、おかえりなさい、漣くん」

「おかえり。もうそんな時間か」

「おかえりなさいませ！」

結月は慌てて立ち上がった。

今日は日曜で学校が休みのため、漣は朝食後に剣道の道場に行っていた。昼前に戻ると言っていた彼が帰ってきたということは――。

壁にかかった時計を見ると、すでに昼食の準備をする十一時を過ぎている。

結月と閑子は慌てて台所に向かい、短時間でできる汁物や、油揚げと青菜の煮物、だし巻き卵を用意する。その間に、涼と漣が着物を座敷の隅《すみ》に重ねて片付けた。

慌ただしい準備が終わり、食堂に三人分の昼食を並べる。

近頃、昼食や夕食は皆で揃って食べるようになった。本来、女中である結月は台所で先に一人で食べるのだが、涼が「一緒に食べよう」と言ってきたのだ。

最初は恐縮して断っていたが、涼と閑子が悲しそうな顔をするので、忙しい朝以外、時間がある時は同じ食卓に着くようになった。もっとも、幽霊である閑子はご飯を食べないので、お茶だけを置いていた。

昼食を食べ終わり、食器を片付けて食後のお茶を飲んでいた時である。

「……ああ、そうだ。漣、今日のお使いだけど」

「わかっているよ。裏天神《うらてんじん》の紙子《かみこ》さんの所でしょ」

「うん。せっかくだから、結月くんも一緒に連れて行ってくれないかい？」

「え？」

急に名前を出されて、結月は目を丸くした。漣は眉間《みけん》に皺《しわ》を寄せて、涼を見る。

「……どうして？」

「今後、結月くんにもお使いに行ってもらおうと思っているから。紙子さんに紹介してくれないかい？」

「それなら、父さんが行けばいいじゃないか」

「今日は別の仕事が入っているんだ。それに、家に閑子を一人きりにするのも心配だからね」

「……分かったよ」

漣は不承不承頷いた。二人のやり取りに戸惑《とまど》いつつ、結月は涼に尋ねる。

「あの、お使いというのは……」

「仕事で使う紙がそろそろ無くなりそうでね。湯島《ゆしま》の方に、懇意にしている紙屋さんがあるから、そこに買いに行ってもらいたんだ。それに結月くん、家《うち》に来てから、商店街以外に出掛けたことが無いだろう？　たまには遠出もいいんじゃないかと思って。漣に案内してもらうといいよ」

涼は微笑《ほほえ》み、漣の眉間の皺は深くなる。不機嫌そうな漣にはらはらとしながらも、主人である涼の頼みを断れるわけもなく、結月は「分かりました」と頷いた。


着物の選別と片付けは、午後から涼と閑子がすることになった。

結月が帰ってきてからすると言ったのだが、涼は「急にお使いを頼んだのは私だからね」と手慣れた様子で着物を畳んでいた。洗濯はともかく、畳むのは得意だと言う。

閑子も快く送り出してくれたのだが、結月が普段の縞柄の着物で行こうとすると、ああ、と嘆く。

「もっと早く衣替えしておけばよかったわ！　そうしたら、結月ちゃんを可愛い着物で送り出せたのに……帯とか小物もいろいろ合わせて、着せ替えしたかったのに……！」

悔しそうな閑子は、「こうなったら結月ちゃんにぴったりの着物を見つけるわ！」と俄然やる気を出して着物の山に向かっていた。

見苦しくないように身支度をした結月が玄関に向かうと、すでに漣が待っていた。道着から洋装に着替えており、立ち襟の白いシャツとズボン、学生帽を身に着けている。

漣は手に大きな風呂敷包みを持っていた。結月も涼から預かったお金などを巾着袋に入れて、漣と共に玄関を出る。

「それでは、行って参ります」

「ああ、行ってらっしゃい。よろしく頼むよ」

「気を付けてね、漣くん、結月ちゃん」

涼と閑子に見送られ、結月と漣は天方家を出た。

＊＊＊

天方家がある暁町《あかつきまち》から湯島へは、市電を乗り継いで向かうそうだ。

湯島があるのは本郷区《ほんごうく》……と言われたが、帝都に出てきてまだひと月、しかも外出は町内だけであった結月には東京の地理はさっぱりだ。

市電に乗るのもひと月ぶりで、停車場で勝手がわからずにまごついてしまう。漣は顰《しか》め面ながらも、段差のある昇降口で手を伸ばした。

「ほら」

目の前に出された手を、結月は戸惑いながら見つめる。漣の眉間の皺が深くなったので、急いで手をのせると、強い力で引っ張られた。市電に乗ると、漣はすぐに手を離して奥へと進んでしまう。

休日の市電は人が多く、席の大半は埋まり、立っている人も多い。漣もまた吊革を摑《つか》んで立ち、追いついた結月はその隣に立った。

自分は動かないのに窓の外の景色が変わっていくのは、結月にとって珍しく、面白い。洋風の建物が並ぶ通りもあれば、日本屋敷や白壁の塀が続く通りもある。村には数台しか無かった自動車が、帝都では何十台も走っている。

車窓にくぎ付けになっている結月に、漣は注意する。

「ちゃんと行き方覚えなよ。あなただけでお使いに行くかもしれないんだから」

「は、はいっ」

我に返った結月は恥ずかしさで頰を赤くしながら返事した。

一時間ほど市電に揺られ、途中で漣と席を譲り合いながら、『天神下《てんじんした》』という停車場で降りた。

湯島は、日本の最高学府である東京帝国大学がほど近く、学問の神様を祀る湯島天神がある。近くには日本を代表する大財閥の当主の邸宅や、有名な小説の舞台となった無縁坂という坂道もあるそうだ。どちらも結月は初めて知るものだったが、とにかくすごいという感想しか出てこなかった。

先を行く漣は、湯島天神へ入っていく。左手に梅園がある緩やかな石段を上ると、鳥居が見えてきた。鳥居から少し入った所にはガス灯が立っている。

たしか漣は、『裏天神の紙子さん』と言っていた。天神を通って近道するのだろうか。漣の後を結月が追うと、彼は手水舎《てみずや》の前で立ち止まった。

「ここで手を洗って」

参拝でもするのだろうか。疑問に思いつつ、結月は言われた通りに手水舎の冷たい水で手を洗う。同じように手を洗った漣は本殿を素通りし、境内にある梅園の方へと向かった。

五月の今は花が咲いているわけもなく、梅の木は緑の葉に覆《おお》われていた。枝のそこここにぷっくりとした小さな青い実がなり、爽やかな香りが漂っている。

漣は緑の葉の茂る中を進む。結月も彼の跡を追うが、なかなか緑の園から抜け出せない。随分と広い梅園のようだ。

ふと、視界に入る色が変わっていることに気づいた。青かった梅の実が大きく、黄色や赤に色を変えている。甘い梅の香りが強くなり、周囲の空気が変わったことに気づく。

そこでようやく、漣が立ち止まった。

「着いたよ」

彼の向こうには開けた広場があり、広場の先に大きな門があった。唐破風《からはふ》の屋根がついた立派な門だ。門の向こうは白く霞《かすみ》がかっていて見えない。

「あれが『裏唐門《うらからもん》』。裏天神への入口だよ」

「裏……？」

「表じゃない、あちらの世界ってこと。今から行くところは……まあ、もう気づいていると思うけど、少し変わっているから」

そう言って、漣は風呂敷包みから何かを取り出した。

「これを付けて」

渡されたのは、正方形の白いハンカチーフのような布だ。薄い布地には赤い文字や図形を組み合わせた文様が描かれ、片端に長い紐が付いている。漣も同じ布を手にし、紐を頭に巻いて布を顔の前に垂らした。

「顔は見せない方がいいよ。目を付けられると面倒だから」

漣に言われ、結月も同じように布を付ける。前が見えなくなるかと思ったのだが、不思議なことに、布越しに向こうがはっきりと見えた。

「行くよ」

漣は風呂敷包みを抱え直し、裏唐門へと足を進める。結月は小走りで彼の後ろについていった。

門の大きな木の扉には、牛と梅の彫刻が彫られた金具が取り付けられていた。牛の目の所がぎょろりと動いたような気がしたが、漣は構わずに門をくぐる。

結月も漣に続いて門をくぐった途端、一気に霞が晴れた。

門から出ると、道の両側に商店が立ち並ぶ、商店街のような通りが続いている。

木造の建屋や、白い漆喰《しっくい》が眩《まぶ》しい蔵。唐破風の屋根もあれば、朱塗りの門に赤い灯籠《とうろう》を幾つも下げた中華風の建物もある。

門の左右に伸びる通りは人影がまばらで、しんとしていた。「昼間だから」と漣は言うが、普通なら休日の昼間こそ賑わいそうなものだ。

だが、ここが普通でないことは結月にも分かっていた。

偶《たま》に通り過ぎる人の足元に影が無かったり、細い骨のような手足を持つ黒い小さな塊が道の端に蹲《うずくま》っていたりと、結月の目には普段よりも多くの奇妙な物が映っていた。それだけではなく、腕にびっしりと鱗《うろこ》が生えていたり、獣のような体毛で覆われていたり、明らかに人間ではない風貌の者が服を着て歩いているのだ。

それらが近くを通り過ぎるたびに、結月は思わずびくついてしまう。店の中から、通りを歩く漣と結月に強い視線が送られているのが肌で分かった。目が合ってはいけないと、結月は顔の前に下がった布を手で引っ張り、隠すようにして歩く。

漣は気にした様子も無く、彼らの視線を無視して結月に説明する。

「ここが裏天神通り。父さんが偶にお使いを頼むから、覚えておくといいよ。まあ、しばらくはあなた一人を寄こすことはしないだろうけれど。危険だから」

「は、はあ……」

そう言っている間に、漣は一つの店の前で止まる。

古びた木造の二階建てで、正面には大きなガラスの格子戸《こうしど》があった。

掲げられた看板には『紙屋』と書かれ、格子のガラスの窓には綺麗な文様に切られた紙が貼られている。木に止まった小鳥や、藤の花や菖蒲など初夏の花々。

色鮮やかな切り紙を眺めていると、漣がガラス戸を開いて声を掛ける。

「ごめんくださいい」

「おや……これは天方の坊ちゃんじゃありませんか」

店の少し奥まったところにいた店員が顔を上げた。

「どうぞいらっしゃい。お入りなすって」

「お邪魔します」

漣は店の中に入り、結月も彼に続いた。漣が顔の前の布を外したので、結月も急いで外す。

店の間口は二間（三・六メートル）ほどで、広い土間には黒いタイルが敷かれている。両側の壁には、天井近くまで高さのある大きな和箪笥が並ぶ。奥の方には上がり框《かまち》があり、畳が敷《し》かれた帳場《ちょうば》や二階に上がるための階段があった。

物珍しさに結月が店の中を見回していると、帳場にいた店員が「んん？」と声を上げた。肩より長い髪を後ろで無造作に結わえた、紺色の作務衣《さむえ》姿の若い男だ。円の中に『紙』の字が書かれた白い前掛けを着けている。

すっきりとした細面に細い目を持つ彼は結月と漣を交互に見やり、にんまりと薄い唇を上げる。

「へえぇぇ、女連れとは珍しいことで。坊ちゃんも隅におけませんなぁ」

「違います。彼女はうちの女中です」

「なるほど、女中と恋仲ですかい。いやあ、一つ屋根の下で羨ましいことで」

「だから違うと言っているでしょう！」

声を荒げる漣はそっちのけで、男は框を降りて下駄をつっかけ、からころと軽い足取りで結月に近づいてくる。背が高い彼は、腰を曲げるようにして目線を合わせてきた。

「どうも、お嬢さん。俺は紙子吉弥《きちや》です。紙屋の紙子。わかりやすいでしょ？」

「は、はじめまして。私、若佐《わかさ》結月と申します。天方様のお宅で奉公しております」

「うんうん。天方先生から聞いてますよぉ。働き者な可愛い子が来てくれたって」

にこにこと笑う男――吉弥はいつの間にか結月の手を握っている。細い目でじぃっと顔を覗《のぞ》き込まれ、結月は狼狽えた。

「あの……」

「でも大変でしょ？　あそこの家はいろいろあるから。あ、坊ちゃんに苛《いじ》められてませんか？」

「いいえ、そんなことは……」

「なんだったら、俺の所で働く気はありません？　ちょーっと口うるさい爺《じじい》がいますけど、そいつはまあ気にしなくていいんで。そうだ、いっそのこと嫁に――」

「紙子さん！」

漣の怒鳴り声に、吉弥はあっさりと結月から顔を離したが、手は握ったままだ。

「いやー、久しぶりに若い女の子が来てくれたもんですから、嬉しくて。しかもこの子、見えるんでしょう？　俺たちにとって貴重じゃありませんか」

見える、という言葉に結月ははっと吉弥を見上げる。どうやら、結月がいろいろなものを見てしまうことを知っているようだ。涼から話を聞いたのだろうか。

吉弥は「お話、考えといて下さいね」と本気なのか冗談なのか分からない笑顔で、結月の手をぎゅっと握ってから離した。

「さて、坊ちゃん。ご入用のものは何です？」

「これに書いてあります。……それから、坊ちゃんはやめろと前から言っていますが」

漣は眉間に皺を寄せたまま、折り畳まれた紙を吉弥に差し出した。

「坊ちゃんはまだまだ坊ちゃんですからねぇ。……ふむ、護符用の紙を二百枚と……おや、花紙もですか。ちょいと待って下さいよ」

吉弥は並ぶ箪笥の引き出しの一つを迷いなく開ける。

ふわりと漂ったのはすがすがしい、爽やかな香りだ。どこか懐かしさも感じるその香りは、天方家の門柱にあった白い紙花の香りとよく似ていた。

吉弥の手元を後ろから覗くと、棚の中には真っ白な紙が入っている。

「んー……少し足りないですかねぇ。在庫が作業場にあるはずなんで、探してきます。座って待ってて下さいな」

「はい。……ああ、それから、玄弥《げんや》さんは在宅ですか？　父からの預かりものがあるのですが」

吉弥は答えながら框を上がり、障子で仕切られた店の奥へと姿を消した。

「じじぃ……でなく、師匠なら作業場にいるんで、ついでに呼んできますよ」

漣は溜息をつき、上がり框へと腰掛ける。風呂敷包みを傍《かたわ》らに置くと、所在無げな結月にも「座ったら」と促してきた。その顔は何故かむすっとしている。

「……あの人の言うことを真に受けない方がいいよ。女の人を見たらすぐ口説くような人だから」

「ええと……紙子さんのことですか？」

「他に誰がいるっていうの」

漣は眉根を寄せて、それきり口を閉ざしてしまう。

沈黙が居《い》た堪《たま》れなくなり、結月は漣から少し離れた場所に腰掛けた。ふと、気になっていたことを口に出す。

「あの……漣さん。旦那様のお仕事というのは何なのですか？」

天方家には、いろいろな人が訪ねてきて涼に相談をしていく。おそらくは、奇妙な物事についての相談で、涼はそれを解決することができる。以前に涼本人に尋ねた時には「自由業のようなもの」と言っていたが、ちゃんと答えてもらってはいなかった。

結月の問いに、漣は少し目を瞠《みは》った。やがて、どこか冷たい表情で答える。

「……拝《おが》み屋だよ。他にも祈禱《きとう》師や呪術師、陰陽師、巫女《みこ》……いろいろ呼び方はあるけれどね。名前の通り、祈禱や占いを行ったり、呪いを祓《はら》い清めたり、霊や憑《つ》き物を落としたりするのが、父さんの仕事だ」

巫女、という言葉に、結月は小さく肩を跳ねさせる。

何となく気づいてはいた。涼もまた、結月の母――梓《あずさ》巫女と呼ばれ、各地を渡り歩いては祈禱や占い、死者の霊の口寄せなどを行っていた――と同じような仕事をしているのだ。呼び方は違えど、普通の人には見えぬものを見て、それらの対処を心得ているという点では同じだろう。

だから怪異な現象に困った人々は、涼を頼り『天方先生』と呼んで相談に来ていたのか。

「そうだったんですね。先ほど、紙子さんが護符用の紙と言っていましたが……」

「護符……霊符や神符ともいうけれど、いわゆる守り札だよ。作る際にはそれなりの作法があるんだ」

曰く、護符を書く際に用いる筆や墨、硯《すずり》や紙、墨を溶く水などは、清浄な物を使う必要があるという。

紙は普通の半紙でも構わないが、生漉《きす》きの和紙がよいとされている。しかも、この紙屋では和紙を漉く時の水に、天神様の地下水を使っており、熟練の職人が漉く紙自体に強い浄化の力が宿っているらしい。拝み屋の中では有名な店であり、遠方からわざわざ買いに来る者もいるそうだ。

すがすがしい香りがするのは、清浄な力を宿す紙だからだろうか。結月は紙がしまわれた棚を感心して眺めた。そんな結月を、漣が探るような目で見ていることには気づかずに。

「——おや、熱い視線ですねぇ」

いつの間に戻ってきたのか、吉弥が手に紙の束を携《たずさ》えて後ろに立っていた。

漣はぱっと振り返り、吉弥を睨《にら》む。結月はといえば、不躾《ぶしつけ》に店内を見ていたことを咎《とが》められたのだと思って「すみません」と急いで謝った。

吉弥は小首を傾《かし》げて、結月を見る。その目の端では漣を捉えており、にやにやと口元を歪めていた。

「どうしてお嬢さんが謝るんです？　俺は坊ちゃんに……」

「おい、吉《きち》。お前《め》ぇ、あんま若いもんをからかうんじゃねぇよ」

にやにやした吉弥の頭を、後ろから誰かが叩いた。小気味よい音と共に、吉弥が前によろめく。

吉弥の後ろにいたのは、小柄な老年の男だった。吉弥と同じく紺色の作務衣を着ている。短く刈り上げた灰色の髪に、ぎょろりとした目と尖った鷲鼻。目鼻立ちのはっきりした厳めしい顔には、深い皺が刻まれている。

老人は大きな目を動かして漣を見た。

「久しぶりだな、坊《ぼん》。元気にしてたか」

「はい。お久しぶりです、玄弥さん」

「涼と閑子さんは？」

「……以前と変わりありません」

「そうか」

玄弥と呼ばれた老人は、結月の方へと顔を向けた。

「で、そっちのお嬢ちゃんが涼んとこに新しく入った女中さんかい」

「はい。若佐結月と申します。よろしくお願いします」

「おう。俺は紙子玄弥だ」

よろしくな、とわずかに目元を緩める玄弥に、結月もお辞儀を返す。

「玄弥さん。頼まれていた『使い鳥』を持ってきました」

立ち上がった漣は玄弥に風呂敷包みを渡した。紫色の風呂敷に包まれていたのは、柳で編まれた小さな行李《こうり》だ。

玄弥が蓋《ふた》を開けると、中には束ねられた切り紙が入っている。十字……いや、翼を広げた鳥の形に似たそれを一枚手に取った玄弥はしばらく眺めていたが、やがてふっと息を吹きかけて放り投げた。

放り出された紙は床に落ちることなく、すうっと滑《すべ》るように宙を飛ぶ。ぴちちっ、と鳴いた紙は吉弥に向かって、その頭をつつき始めた。

「うわっ、ちょ、師匠！」

「うむ。相変わらずよう出来とる。天方の名前通り、鳥の式《しき》はお手の物だな」

使い鳥は、紙で作られた式神のことだった。玄弥は一人満足したように頷くと、行李の蓋を閉じる。その間も紙の鳥は吉弥を攻撃しているが、漣も玄弥も気にした様子も無く話を進めた。

「護符の紙と花紙を二百ずつだったな。いつもよりも随分と入り用だな」

「仕事が忙しいようです。それに……母のこともありますので」

漣が目線を落とすと、玄弥は眉間の皺を深くし、手を伸ばして彼の頭を撫でる。

「……坊、あまり気に病むなよ」

玄弥は漣の頭を一撫でした後、紙の束をそれぞれ別の大きな和紙で包んで封をして、漣が持ってきた風呂敷で包んだ。

涼から預かっていた代金を支払って店を出ようとすると、紙の鳥から逃れた吉弥が結月に手を振る。

「お嬢さん、いつでも店に来てくださいね」

愛想の良い吉弥を玄弥が叩く姿を後にして、結月と漣は店を出た。

＊＊＊

文様入りの白い布を付けて再び顔を隠し、裏天神通りを歩く。

前を行く漣は無言で、布で隠れた顔は見えない。結月は、先ほどの漣の沈んだ様子が気に掛かっていた。

『母のこともありますので』

たしか、そう言っていた。母とはもちろん閑子のことだろう。

漣が見せた悲しげな表情に、結月は閑子のことが心配になってきた。

閑子が幽霊であるのを疑問に思ったことは、幾度かある。

職業紹介所で天方家を紹介された折には、奥様――閑子が療養のため里に帰っていると言われた。天方家の近所でも同様で、閑子が亡くなったという話は聞かなかった。

閑子はもしかしたら、死んでいないのだろうか。生きているのならば、なぜ彼女は霊の姿なのか。

今まで、結月は天方家の事情には踏み込まないようにしていた。涼や閑子が説明しない以上、使用人である結月が口を挟むことではないと。

だが、もし閑子の身に何かよくないことが起きていて、それを漣が憂《うれ》えているのであれば。

結月は意を決して口を開く。

「漣さん。奥様……閑子様に、何かあったのですか？　なぜ閑子様は、幽霊の姿でいるのですか？」

「……」

結月の問いに、漣が足を止めた。顔だけ振り向かせた彼の前にかかった白い布が揺れる。布の隙間から覗いた頬は蠟のように白く、作り物めいていた。

「それを知って、どうするの」

「っ……」

温度のない乾いた声が返ってきて、結月は息を呑《の》んだ。やはり聞いてはいけないことだった。分かってはいたが、怯《ひる》む自分を叱咤《しった》して言葉を続ける。

「何か、私にできることがあればと……」

「あなたに何ができるというの？　……どうせ、何もできないくせに」

漣の冷たい言葉に、結月は答えることができない。布に隠れた漣の表情は見えなかったが、彼がひどく怒っていることは伝わってくる。両脇に下ろされた漣の拳は、爪の跡が残ってしまいそうなくらい、強く握り締められていた。

それ以上食い下がることができず、結月は自分の無力さに項垂《うなだ》れるしかない。

「……申し訳ございません。出過ぎたことを言いました」

結月の謝罪に漣がはっと息を呑む音がする。

「……あなたは女中《あなた》の仕事をすればいい。余計なことはしないで」

やがて苦々しい声を吐き出した漣は、結月に背を向けて歩き出した。


それきり、二人は無言のまま裏唐門を通り、緑色の梅園へと入る。

布の面を外して俯《うつむ》いた結月の視界には、先ほどは不思議に思った梅の色も香りも入ってこない。気が塞《ふさ》いで、次第に足取りも重くなる。

その時、ふと、小さな声が聞こえた。

――カ……サン……。

子供の声だ。結月は足を止め、辺りを見回す。

――オカアサン……。

どうやら母親を呼んでいるようだ。寂し気に泣く声を放っておけず、結月は声のする方へ、道を外れて梢《こずえ》の下をくぐった。

すると、少し先の梅の木の根元に黒い毛玉が見えた。

黒い毛に覆われた小さな三角の耳に、白い鼻先。根元に隠れるようにして縮こまり、身体を震わせているのは黒い子犬だった。

黒いつぶらな目で辺りを見回して、クゥン、と心細い鳴き声をあげている。

同時に、「オカアサン」という言葉が結月の頭の中で響いた。どうやら声の主は、この子犬のようだ。

結月が子犬を見つけたように、子犬も結月に気づいたらしい。ぴくりと耳を一度震わせて隠れたものの、根の間から顔を覗かせ、結月をじっと見てくる。

「……お母さんとはぐれたの？」

結月が尋ねると、子犬は不思議そうに首を傾げる。「オカアサン、ドコ？」と頭の中に声が返ってきた。

この梅園で母犬とはぐれ、迷ったのだろうか。子犬を不憫《ふびん》に思った結月は、境内の方まで連れて行った方がいいか、あるいは母犬を探した方がいいかと考える。

子犬は結月への警戒を解いたのか、ちょこちょことした動きで木の根を乗り越えて、こちらに近づいてきた。足先の毛は白く、足袋を履いているような風体をしている。

結月の足元まで来て見上げてくる子犬に、屈《かが》んで触れようとした時だ。

「――何をしているんだ！」

鋭い声がして、結月の腕が強く後ろへと引っ張られる。

結月の腕を摑むのは漣だった。結月を無理やり立たせると、険しい顔で木立を抜け、道の方へと連れ戻す。

「れ、漣さん、どうして……」

「あれは死霊だよ。生きているものと死んでいるものの区別もつかないの？」

呆れた漣の声に、結月は子犬が霊であったことを知る。

漣は子犬から引き離すように、結月の腕を摑んだまま早歩きで道を進んだ。しかし結月は、子犬が霊と分かっても放っておくことができない。子犬はか細く鳴いて、頼りない足取りで結月の後を追ってくる。

「待って下さい、あの子、母犬を探しているんです」

「そんなの知らないよ。いくら天神様の下《もと》で清められているからといって、霊は霊だ。うちに持ち込まれたら困る」

「でも――」

「余計なことはするなって言っただろ！」

「っ！」

声を荒げた漣に、結月はびくりと身を竦《すく》める。

漣はすぐに我に返ったようで、ぎゅっと眉間に皺を寄せ、唇を引き結んだ。気まずそうに結月から目を逸《そ》らして、手を離す。

「……僕達に、迷惑を掛けるな」

漣の声は切実で、結月はそれ以上駄々をこねることはできなかった。

「ごめんなさい……」

小さく謝った結月は、背後のすがる視線を振り払うようにして漣と共に梅園を出る。

誰に謝ったのか、自分でもわからないままに。

＊＊＊

――これは八つ当たりだ。

分かっていながらも、漣は感情を抑えられなかった。

この一か月、漣は結月を間近で見てきたが、彼女に何か企みがあるかどうかは、ついに分からなかった。

見張りとして付けていた自分の式神である四号は、すっかり彼女に懐《なつ》いてしまい、時折貰える菓子を楽しみにしている節がある。それを見た他の式神達も、四号が頼りにならないからと言い訳を付け、同伴して一緒にお菓子を啄《ついば》むようになった。警戒心の欠片《かけら》も無い彼らを叱るものの、「娘に二心《ふたごころ》があるとは思えない」というのが式神たちの意見だ。

さらには、父も母も結月を気に入り可愛がっている。ただの使用人ではなく、家族の一員のように扱っていた。結月もまた、母や父を慕《した》っているのが傍で見て取れる。

かくいう漣自身、彼女に絆《ほだ》されそうになっては気を引き締める、というのを繰り返していた。

そう、もっと警戒すべきなのだ。母が霊体《れいたい》の状態になっていて危ういのに、他人を……しかも〝見える〟能力を持つ者を側に置くなんて。

拝み屋である父はその生業《なりわい》のせいか、かつての依頼人や始末した異形のもの、そして同業者から恨みを買うことも少なくはない。

能力者である結月が、それらの仲間である可能性は十分にある。『拝み屋』という言葉を聞いても特に驚くことなく、何かを知っているようだった。拝み屋に関して無知ではないのだろう。

それなのに、普通にただの女中として働いているなんて、おかしいではないか。霊体である母を気味悪がることなく普通に接しているのは、芝居ではないのだろうか。

天方家に潜り込んで、何か害をなす企てがあるのではないか。父や母を傷付けるのでは——。

そうやって漣が警戒しているのに、父も母も危機感が無い。母が霊体になって三か月以上経っているのに、焦る様子も見せない。

『閑子のことは私が対処する。何も心配しなくていい』

そう言って、父は自分に何もさせてくれない。

『坊、あまり気に病むなよ』

『坊ちゃんはまだまだ坊ちゃんですから』

紙屋の師弟から掛けられた言葉は、漣に追い打ちをかける。

慰めの言葉は、未熟な自分には母を救うことも、父を助けることもできないのだと言われているようだった。

——無力な自分に、何ができる。突然現れて家に住まう怪しい人物……結月を警戒するぐらいしかできないのに。

なのに、結月は真剣な顔で尋ねてくる。

『閑子様に、何かあったのですか？』

懸命な声は、彼女が本当に母のことを気に掛けているのだと分かった。

今まで自分がしてきたことが、すべて無駄だと突き付けられた気がした。

『あなたに何ができるというの？　……どうせ、何もできないくせに』

結月に放った言葉は、すべて自分に返ってくる。

何もできないのは、自分の方だ。

何もできないから、結月を警戒することで自分が何かの役に立っているのだと、自己満足に浸っていただけだ。

悔しくて、情けなくて、やり場の無い感情をそのまま結月にぶつけてしまった。

言い過ぎた、悪かったとすぐに謝ればいいのに、その言葉も口に出せない。矜持《プライド》だけは高い自分が余計に情けなくなって、ますます唇は固く引き結ばれた。

「……くそっ……」

自分の未熟さを痛感する漣は、気づくことができなかった。

背後の結月の——その後ろから、黒い子犬の霊がついてきていたことに。

＊＊＊

湯島天神を出た後、気まずい帰路につく。帰りの市電の中でも、停車場からの道すがらでも、漣と会話することなく天方家に辿《たど》り着いた。

「ただいま戻りました」

玄関で声を掛けると、閑子が宙を滑るようにして駆けつける。

「二人とも、おかえりなさい。お使いご苦労様」

笑顔で迎える閑子だが、漣は「ただいま」と素っ気なく言って、荷物を持ったまま二階へ上がってしまう。

閑子は階段を上がる漣を見上げて首を傾げた。

「どうしたのかしら、漣くん」

「……」

自分が怒らせてしまったのだとは言い出せずに、結月はぎゅっと拳を握った。

俯く結月に閑子は何かしら感じ取ったのだろう。「大丈夫？」と尋ねられ、結月は慌てて顔を上げた。

「すみません、大丈夫です。その……久しぶりに遠出して、少し疲れただけで

「……」

言い繕《つくろ》うが、閑子は結月の顔を覗き込んでくる。眉根を寄せた心配顔の閑子に母の面影を思い出して、ふと泣きそうになった。

だが、ぐっと頬に力を入れて笑みを作り、ぺこりと頭を下げる。

「帰りが遅くなり申し訳ございません。すぐに準備して、洗濯ものを取り込みますね！」

元気な声を出して結月は玄関を上がり、階段下にある女中部屋に入る。そんな結月の後ろ姿を見る閑子の表情は、晴れることは無かった。

洗濯物を取り込み、風呂を焚《た》きつけ、夕食の準備をする。

夕方は朝に次ぐ忙しい時間であるが、その忙しさは今の結月には有り難かった。仕事に集中すれば、考え事をしなくて済む。

そう、余計なことは考えずに、女中である自分がするべきことをするのだ。

夕食の片付けを終えた結月は、残り湯で軽く入浴を済ませた後、女中部屋に戻った。部屋には、昼間に閑子たちが選別した着物を数枚と、針箱を持ち込んでいる。

今夜は、着物を解《ほど》いて時間を潰すつもりだった。

以前の奉公先では主に洗濯を任されていたが、着物を洗うために糸を解くのも仕事の一つであった。そのため、これなら一人でも十分に仕事ができる。

結月はさっそく着物の一枚を手に取り、握鋏《にぎりばさみ》で糸を断つ。

着物の糸を解くときは、縫うときの逆の順で解いていく。縫うときは、身ごろにおくみをつけ、衿《えり》をつけ、最後に袖《そで》を縫い合わせる。なので、解くときは袖からだ。

袖を身ごろから外して解き、次に上衿、そして衿の順に外す。衿の下の褄下《つました》という部分から裾《すそ》にかけては、布の端を内側に三つ折りにして縫って始末してある。この部分の糸も握鋏で解いていった。

身ごろからおくみを外せば、身ごろだけになる、身ごろはいわば、胴体部分の二枚の長い布だ。左右の長い布を背中側で縫い合わせてある。身ごろの脇の部分と、背縫いを解けば、これで全部が解ける。

解き終えた布は、それぞれ軽く畳み、重ねて置いた。これは明日以降、時間のある時に洗っておこう。洗い張りの前に、長くしまっておいた際についた埃《ほこり》や、以前の洗い張りの際の古い糊《のり》を落とす必要があるからだ。

ちなみに、着物を解いた糸も無駄にはしない。軽く編んでまとめておき、端縫《はぬ》いなどに再利用するのだ。

そうして着物二枚を解き終えた頃には、いつもの就寝時刻をすっかり回っていた。細かい作業に集中していたせいか、肩がすっかり強張っている。針箱を文机《ふづくえ》の上に、着物を風呂敷に軽く包んで部屋の隅に寄せて片付ける。

解いた布は傷んでいる箇所があったが、模様が綺麗で捨てるのはもったいない。縫い合わせて巾着でも作ったら、きっと素敵だろう。

結月の母も、旅先で端切れをもらって夜に針仕事をしては、可愛い巾着やお守り袋を結月に拵《こしら》えてくれた。結月がいつも胸元に下げているお守り袋も母の手製だった。もっとも、就寝前の今は、お守り袋を外して文机の引き出しに入れてある。

喉の渇《かわ》きを覚えた結月は台所で水を飲み、ふうっと息を吐き出す。すでに廊下も、涼と閑子の寝室も明かりは落ちていて、ひっそりと静まり返っていた。早く寝ないと、明日に響いてしまう。結月はそろそろと部屋に戻って、布団を敷いて床についた。

目を閉じると、脳裏に浮かぶのは母の顔。そして、あの寂しそうな黒い子犬の霊。

母親を探してさまよう、かわいそうな子。

結月を見上げてくる黒い瞳を思い出すと、あの心細い鳴き声も蘇《よみがえ》ってくる。

――一緒に探してあげられたらよかった。だって、ひとりは寂しいもの。お母さんに、会いたいもの……。

子犬に思いを馳《は》せながら、結月はいつしか眠りについていた。

………梅の香りがする。

気づくと、結月は緑の木々に囲まれた場所に立っていた。

周囲はうっすらと白い霧に覆われているが、昼間訪れた湯島天神の梅園に風景が似ている。

「どうして、ここに……」

ぼんやりと明るいこの場所が、現実ではないことは何となくわかった。寝巻を纏《まと》い、素足で地面の上に立っているのに、寒さも痛さも感じない。きっとこれは夢だ。寝る前にあの子犬のことを考えたせいかもしれない。夢にまで見るほど、気に掛かっていたのだろうか。

そう考える結月の足元に、柔らかなものが触れた。

下を見ると、黒い子犬がいる。縋《すが》るように見上げてくる子犬に、結月は屈み込んだ。

「お母さん、見つかった？」

――オカアサン、イナイ。

くぅん、と子犬が鳴く。

「そっか……私もね、お母さんがいないの。……寂しいね」

――ウン、サミシイ。

手を伸ばして子犬の頭を撫でると、不思議なことに掌に柔らかな毛並みの感触が伝わってくる。霊であるのに触れることができるのは、やっぱりこれが夢だからだ。

……夢の中でなら、子犬に力を貸していいだろうか。

これは結月の夢の中。それなら、天方家にも迷惑は掛からないはずだ。

せめて夢の中だけでも子犬の力になれればと、結月は小さな黒い身体を抱き上げる。

「一緒にお母さん探そう。きっと会えるよ」

結月が言うと、子犬は黒い目を輝かせて「アンッ」と元気よく鳴いたのだった。

＊＊＊

――おかあさん、どこにいったの。ひとりにしないで。

――さみしい。ひとりはさみしいよ。おかあさん……。

パタパタと、枕元で何かが歩く気配がした。

目を覚ました結月は、起き上がって枕元を見たが何もいない。

……気のせいだろうか。ぼんやりと辺りを見回していると、文机の上の置時計が目に入った。朝の六時を少し回っているのを見て、さっと血の気が引いた。

「っ、いけない……！」

とっくに起きる時間を過ぎている。急いで身支度をして、布団を畳むのもそこそこに、割烹着を手にして台所への扉を開けた。

明るい台所では、ガスコンロの前に割烹着姿の閑子が立っている。鍋からは出汁《だし》の香りが漂い、薬缶《やかん》の湯気が朝の光の中で白い筋となって揺れている。

閑子は振り返って笑顔を見せた。

「あら、おはよう、結月ちゃん」

「お、おはようございますっ、遅れて申し訳ございません！」

頭を下げて謝る結月に、閑子は困り顔で笑う。

「そんなに謝らないで。私も最近、力の使い方のコツが摑めてきたの。ほら、見てちょうだい、野菜も切れるようになったのよ！」

閑子は自慢げに、まな板の上の葱《ねぎ》を示す。確かに具材は柔らかな豆腐以外、大きさは不揃いながらも切られており、また、すでにお米も研《と》いで水に浸してあった。

「だからね、結月ちゃん。一人でやろうとしないで、偶には私に頼ってほしいの」

ね、と閑子は優しく言ってくれるが、寝坊という失態を晒し、本来自分がすべき仕事を閑子にさせてしまった。穴があったら入りたい気持ちで結月はもう一度謝り、急いで朝食の準備に取り掛かる。

そんな結月の胸元に、いつものお守り袋は下がっていなかった。

玉ねぎと豆腐の味噌汁、馬鈴薯《ジャガイモ》の甘辛煮、大根の糠《ぬか》漬け、それに作り置きの佃《つくだ》煮《に》を食堂に運ぶと、ちょうど漣が二階から降りてきた。廊下の向こうからやってくる漣に、結月はどきりとしながらも挨拶する。

「おはようございます」

「……おはよう」

挨拶を返してはくれたものの、結月と目を合わせることは無い。気まずい中、漣は顔を逸らしてさっさと食堂に入ってしまう。

朝食後も、漣は結月と会話を交わすことなく、学校へと行ってしまった。

お弁当を渡して見送った結月が台所に引き返すと、涼が寝室の襖を開けて出てくる。

「おはよう、結月くん……」

盛大に欠伸《あくび》を零《こぼ》す彼は、ふと結月に目を止めると、その切れ長の目を細めた。

涼はぺたぺたと裸足で廊下を歩き、結月の前で屈んで顔を覗き込んでくる。癖の付いた前髪の下、黒い眼差しにじっと見据《みす》えられて、結月は緊張する。

「あの……旦那様？」

「顔色が悪いよ。何かあったのかい？」

「いえ……あの、昨晩、少し夜更かしをしてしまったので、そのせいだと思います。心配をお掛けして申し訳ございません。今後は気を付けます」

「……そう」

涼はすっと結月から顔を離すと、いつものように柔らかな笑みを見せた。

「てっきり、夢見でも悪かったのかと思ったよ」

「夢、ですか？」

「うん。そうだ結月くん、昨夜はどんな夢を見たのかな？」

「あ……」

結月は記憶を辿るが、ちっとも思い出せない。

どこか懐かしく、それでいて悲しくて、寂しくなる――。そんな感情だけが胸の底に残っている。

「……覚えておりません」

結月が戸惑いつつも答えると、涼はただ「そうかい」と微笑み、顔を洗いに洗面台の方へと向かった。

＊＊＊

浴室にある洗面台の蛇口を捻《ひね》り、冷たい水で顔を洗う。

——つい昨日、抱えていた仕事がやっと片付いた。

とある議員の邸宅で奇妙なことが立て続けに起こり、調べたところ、物置に覚えの無い小さな壺《つぼ》が置かれていた。壺は呪物……憎む相手に呪詛を掛けるためのものであり、涼は決して蓋を開けないよう指示をしたのだが、気が逸《はや》った議員の息子が蓋を開けるどころか、壺を割ったことで事態は悪化した。

壺を封じたまま馴染《なじ》みの寺に運んで祓いをしようとしていた涼の計画は崩れ、その場での準備に追われた。家を長く空けるわけにもいかず、何度も往復して、ようやく片付いたものだ。

結局のところ、原因はその議員の息子だった。若い女中に手を出して孕《はら》ませた挙句、彼女を着の身着のまま邸宅から追い出した。息子には財閥令嬢の婚約者がおり、女中が邪魔だったからだ。絶望した娘は自殺し、両親が仇を討つために呪詛を仕掛けたようだ。

呪詛の標的はもちろん、そのろくでなしの馬鹿息子であり、彼は恐ろしい怪異に幾度も襲われていた。壺を割ったのは、単純に壺を壊せば怪異から逃れられると考えたためだったようだ。

自業自得もいいところだ。今回は涼が祓ったものの、あの馬鹿息子はいずれもっと恐ろしい目に遭うことだろう。正直、もう関わりたくもないが……。

疲れの滲《にじ》む息を吐き、濡れた顔を手拭いで拭いていると、背後から声を掛けられた。

「涼さん……」

涼が振り返った先に居るのは、悲しげに眉尻を下げた閑子だ。いつもならきっちりと掛かっている耳隠しのウェーブが、今日は少し緩んで解《ほつ》れていた。

「どうしたんだい、閑子」

涼の問いに、閑子は両手の指先を何度か組み替えながら、訥々《とつとつ》と話し出す。

「……結月ちゃんと漣くんの様子がおかしいの。どちらも、元気が無いみたい」

しゅんと肩を落とす閑子の方こそ、元気を無くしているように見える。

「昨日、帰ってきたときから何だかおかしかったの。喧嘩でもしたのかしら。ねえ、涼さん、何か私にできることは無いかしら?」

紅をさした唇をきゅっと噛み締める閑子に、涼は手を伸ばした。白い頬を撫でようとするものの、霊体である彼女に触れることはできない。

それでも涼は、閑子の顔の輪郭に合わせて指を滑らせた。彼女に肉体があったときと変わらぬ仕草だった。

「……大丈夫だよ、閑子」

涼は安心させるように笑む。

「こういうことは、横から下手に口を出すと余計に拗《こじ》れるだけだからね。まずは放っておく方が良いのさ。特に漣は意固地だからね。今回のことで少しは勉強になるといいけれど」

「でも……」

「転んだ子供をすぐに助け起こしては、成長しないよ。心苦しいかもしれないけれど、もうしばらく見守ってあげよう。……ただ、結月くんの方が少し心配だね。あの子は頑張りすぎるところがあるから。そこは私の方から手助けするよ」

涼は閑子を宥《なだ》めながら、目を眇《すが》めて先ほどのことを思い出す。

結月の足元に見えた、小さな淡い影。

悪いものではない。そもそも悪いものであれば、この家には入れない。

淡い影は、結月自身の持つ気と溶け込むように重なり、涼の目にも存在がはっきりとはしない。結月にさりげなく鎌をかけてみたが、彼女自身も気づいていないようだ。

だが、確かに何かがいることは感じ取れる。仕事に気を取られていたせいか、家の中の異変に気づくのが遅れてしまったのは涼の失態だ。

「さて……」

力の弱い、おそらくは数日で消える程度の弱い雑霊《ぞうりょう》ではある。結月と漣のこともあるし、しばらくは様子を見るかと涼は見当を付けた。

もっとも、これ以上閑子が気に病むことが無いよう、十分気を付けながら。

＊＊＊

「――――づき……ゆ……ちゃ……結月ちゃん！」

「っ！」

名前を呼ばれ、結月ははっと我に返る。途端、焦《こ》げ臭さが鼻についた。

臭いの元は、網で焼いていた魚だ。慌てて菜箸でひっくり返すと、火に当たっていた部分がすっかり焦げている。

「あ……」

今日の夕食のおかずであった鯵《あじ》の塩焼きが台無しである。青ざめる結月だったが、傍らの閑子は「大丈夫よ」と明るい声で言う。

「焦げた皮の部分を落とせばいいだけだわ。それに今夜は、小芋の煮っころがしも分葱《わけぎ》のぬた和《あ》えも作ってあるのだから、おかずは十分よ」

「……すみません」

「そんなに気を落とさないで。漣くんなんて、せっかくの鯛《たい》を丸焦げどころか炭にしたこともあるのよ」

閑子は慰めてくれるが、結月は情けなさに身を縮こませる。

——この数日、結月は立て続けに失敗をしていた。

米を炊くときに焦がしたり、食器を割ったり、せっかく洗い終わった洗濯物を地面に落としたり、着物のほどき物の最中に鋏で怪我したり……。

重なる失敗は焦りを生み、焦りでさらに失敗を重ねる。心の不調は身体にも出ているようで、日中は頭がぼうっとして、気づくと先ほどのように意識が飛んでしまっている。

きっと疲れているのだろうと、寝坊の件もあったため早めに寝るようにしているが、朝起きたときには頭も身体も重くなっている。眠れているはずなのに、疲れがほとんど取れていなかった。悪循環から抜け出せず、結月は自分でもどうすればいいのか分からなくなっていた。

落ち込む結月の肩に、閑子はそっと手を当てる。

「ねえ、結月ちゃん。最近具合が悪そうよ。ご飯もあまり食べていないし、顔色も悪いわ。今日はもう休んだらどうかしら」

「っ、いいえ！　私……っ」

咄嗟《とっさ》に声を張り上げた結月は、はっと口を押えた。

目の前の閑子は驚いたように目を丸くしている。仕える奥様の前で大声を上げてしまったことを結月は恥じた。

「も、申し訳ございません。……大丈夫です。ちゃんと働きます」

「結月ちゃん……」

閑子が眉根を寄せた時、台所に涼が顔を覗かせる。

「どうしたんだい？　大きな声がしたけれど」

振り向いた閑子と結月の顔を見て、涼は苦笑を浮かべた。

「……二人とも、少し手を休めて、こちらにおいで」

涼に手招きされ、結月はいったんガスコンロの火を止め、食堂へと場所を移動する。

「結月くんは座っていなさい」

涼はそう言い残して、食堂を出る。五分ほど待つと、盆の上に茶器を載せた涼が戻ってきた。

「旦那様、お茶なら私が……」

「いいから」

涼は手慣れた手つきで急須から湯呑《ゆのみ》へとお茶を注いだ。紅茶ではないようだが、不思議な香りがした。涼が調合した薬草茶だという。

涼は湯呑を結月へと差し出した。

「これを飲んで、今日は早く休みなさい。休むのも仕事のうちだ」

「ですが……」

「無理をして君に倒れられる方が困るんだ。今はしっかりと休んで、また仕事に励んでくれると助かるよ」

「……はい」

涼にきっぱりと言われれば、結月も断れない。素直に湯呑を受け取り、お茶を飲む。

少し甘くて、少し苦い。お茶の温かさと涼の言葉がじわりと身体に染み入るような気がした。

＊＊＊

その夕刻。学校の授業を終えて帰路についていた漣は、眉間に深い皺を寄せていた。

原因は、ピチチ、チュンッ、と頭上で交わされる、うるさい囀《さえず》りだ。

「……うるさいぞ、お前たち」

すると、いったんは囀りが止むものの、再び「チチッ」「ヂュヂュッ」と響いてくる。鳴き声の裏で頭に響くのは、式神達の声だ。

『漣様！　しかしですな！』

『この者、私達のせいで娘が顔を見せなくなったと言うのです』

三号のメジロと二号のスズメが非難すれば、四号のシジュウカラが反論する。

『その通りでございましょう。この四日の間、結月殿は朝に窓を開けてくれぬのです。そこの二羽が菓子をせびりに来るようになってからです！』

『なっ、この儂《わし》がびすけっと欲しさに行くと思っておるのか！　お主が頼りないから仕方なく見張っておるだけだわ！』

『嘘おっしゃい！　いつも其方《そなた》が一番多く食べているではありませんか！』

三号と四号が言い争っていると、二号が真面目な口調で報告する。

『……漣様。あの娘、どうも様子がおかしいような気がいたします。以前はもっと早い時間に起きていたはずですが、近頃は起きるのが遅く、慌てて支度をしているようで』

冷静な二号の指摘に、言い争っていた三号も四号も『たしかに』と顔を見合わせる。

『それに……娘の側に、何かがいるような気配を感じました。一度、娘の枕元で黒い小さな塊のようなものが見えたのですが――』

二号の言葉に、漣は歩みを止めた。

「黒い塊？」

『ええ。ですが、その後は姿が見えなくなり、気配も無くなったので気のせいかと思っていたのです。あれは、そう、黒い毛の獣のように見えましたが……』

漣の脳裏を掠《かす》めたのは、天神の梅園で見かけた黒い子犬の霊だ。

まさか――。

「……くそっ」

漣は鞄を小脇に抱えると、家へと駆け出した。

家に戻った漣を出迎えたのは閑子だった。

「おかえりなさい、漣くん。どうしたの？　そんなに息を切らせて……」

首を傾げる閑子の後ろを見るが、いつもなら遅れてでも姿を見せて出迎える結月の姿は無い。

「……あの人は？」

「あの人って？」

「女中の子」

漣が答えると、閑子は呆れたように眉を顰《ひそ》める。

「もう、ちゃんと名前を呼びなさい。結月ちゃんなら……」

閑子が言いかけた時、閑子の後ろ、階段下にある女中部屋から涼が姿を現した。

「結月くんなら眠っているよ。どうも具合が悪そうだったからね」

涼が言うには、先ほどお茶——鎮静作用のある薬草茶を飲ませたら、すぐに寝付いてしまったそうだ。涼が部屋まで運んで、今は布団で休ませているという。

結月の具合が悪いと聞き、漣は眉を顰めた。閑子が結月の様子を見るために部屋に入っていったところを見計らい、涼に尋ねる。

「父さん。彼女、憑かれているんじゃないの？　……たぶん、犬の霊に」

自分の式神が見たという黒い小さな獣。

思い当たるのは湯島天神の梅園にいた子犬の霊だ。

結月は随分とあの犬を気にかけていた。もし、あの霊が結月を追いかけてきて、彼女に憑いたのだとしたら――。

どうしてもっと早く気づけなかったのか。その原因も分かっている。

最近、結月とほとんど話をしていなかったからだ。

天神での八つ当たり以降、謝る機会を逃した漣は気まずさを引きずっていた。結月と顔を合わせても、素っ気ない態度を取ることしかできない。焦りと苛立《いらだ》ちは日に日に募り、結月との会話はますます少なくなった。

彼女の元気が無いことは気づいていたが、自分の態度のせいだと思っていた。だが、原因がそれ以外――例えば、霊に憑りつかれることで気力体力を奪われ、体調が悪くなっていることは十分考えられる。式神達の報告からも、その考えはおそらく当たっているだろう。

漣の問いに、涼はあっさりと頷いた。

「何かがいることは確かだね」

涼の余裕の態度は、漣の神経に障った。

「気づいていたのなら、何で祓わないの？」

「お前の方こそ、結月くんに憑いている霊に気づいていたのだろう？　どうして何も言わなかったんだい」

「……さっき気づいたんだ」

「じゃあなぜ、彼女に〝犬の〟霊が憑いていると言ったんだい？　私にも、まだ何の霊かはっきりとは見えていないのに。……もしかして、結月くんが犬の霊に憑かれるかもしれないことを知っていたのかな？」

「っ……」

指摘されて、漣は言葉に詰まった。

確かに、結月と犬の霊が接触したことで、こうなる展開は予測できた。結月の様子をちゃんと見ていれば、もっと早くに対処もできただろう。

唇を噛む漣に、しかし涼は責めるわけでもなく穏やかに微笑む。

「何か事情を知っているようだね」

「……この間、裏天神通りに行ったときに見かけたんだ」

漣は湯島天神の梅園での一連の出来事を素直に話した。

「その子犬は母犬を探しているって、彼女が言っていた」

「ああ……なるほどね」

涼は納得がいった顔をする。

「どういうこと？」

「結月くん、子犬に同情して、引き寄せてしまったのかもしれないね。彼女も幼い頃に母親を亡くしているそうだから」

「……え？」

涼の言葉に、漣は目を瞠る。

「おや、知らなかったのかい？　まあ、私も世間話程度で少ししか聞いていないけれどね。母親を亡くした後、引き取られた家で女中奉公をしていたらしいよ。職業紹介所に聞いたら、彼女、帰る里も無いと言っていたそうだ」

「……」

知らなかった。

結月が、親を亡くしていたなんて。帰る家も無いだなんて。

ただ、働き口を求めて天方家に来たのだと思っていた。

彼女があんなに必死にここで働かせてほしいと言っていたのは、懸命に働いていたのは、他に行く場所が無いからだったのか。

漣はすっと血の気を引かせる。

だとしたら、自分はなんてひどいことを言ってきたのか。自分の家族の事だけしか考えていなかった。

「……そんなの、聞いてない」

呆然とする漣に、涼は苦笑する。

「まあ、彼女も自分から話さないだろうしねぇ。知らなくても仕方ないけれど……人にはいろいろな事情があるものだよ。自分ばかりが辛い、苦しいと思っていると周りが見えなくなる。そこは注意しないといけないよ、漣」

涼の忠告は、漣の胸にぐさりと刺さる。己の愚行を恥じ入り、胸の痛みを堪《こら》えるように漣は歯を食いしばった。

＊＊＊

目を覚ましたとき、すでに辺りは暗くなっていた。

「……あっ！」

自分が布団の中で、しかも女中部屋で寝ていることに気づいて、結月は慌てて身を起こす。しかし強い眩暈《めまい》に襲われて、結局布団の上に倒れ込んだ。

くらくらとする頭を押さえながら、今は何時だろうと視線を巡らせる。

夕食の準備の途中で、涼が淹《い》れてくれたお茶を飲んだ後、急に眠気が押し寄せたところまでは覚えている。

そのまま自分は寝てしまったようだ。布団を敷いた覚えは無いから、涼が準備してくれたのだろう。

……休みなさいとは言われたが、雇い主に面倒を掛けさせるなんて。情けなさと申し訳なさで目頭が熱くなる。体調が良くないせいか、心まで弱くなっているようだ。

しっかりしなくては、と枕に顔を押し付けて泣くのを堪えていると、頭の上で何かが動く気配がした。顔を上げた先、枕元に黒い子犬がいる。くぅん、と鼻を鳴らし、心配そうに結月の顔を覗き込んでいた。

つぶらな目と、白い足袋を履いているような足先に見覚えがあった。湯島天神の梅園にいた犬の霊だ。

――オカアサン。

寂し気な声が響く。切なそうに見つめてくる子犬を見て、結月は思い出した。そうだ。母犬を探すと、子犬と約束したのだった。あの梅園に行って探さなくては。

「……」

結月は布団から起き上がる。不思議なことに眩暈が無くなっている。それに違和感を覚えないまま立ち上がり、子犬に導かれるように女中部屋を出た。

ふわっと頭の上から引っ張られるような、奇妙な浮遊感に思わず目を閉じる。

気づけば結月は、白い霧がかかった林の中に立っていた。足の裏が土を踏む。ごつごつとした木の根が土の間から出ているのが見えた。

結月の前を、黒い子犬が行く。木の根を乗り越えて、拙《つたな》い足取りで歩く。結月も子犬の後を追って歩き出そうとしたが、その前に手を誰かに摑まれる。


「――結月さん」


名前を呼ばれた。

温かな手は強く結月の手を握りしめて、熱を伝えてくる。

振り返ると、一人の少年がいた。

「早く戻って。それ以上行ったら駄目だ」

綺麗な顔立ちの少年が眉を顰《ひそ》め、結月を見つめていた。切れ長の黒い目を揺らがせて、怒っているような、泣き出してしまいそうな顔をした彼は……。

「……漣さん？」

声を出した途端、辺りの景色がぐるりと回って――。


目を覚ますと、見慣れた女中部屋の天井が見えた。

「あれ……」

さっきまで梅園にいたはずなのにと戸惑う結月の手を、誰かが強く握っている。握られた手の方を見ると、結月が寝かされた布団の横に漣が胡坐《あぐら》を掻《か》いて座っていた。俯いた漣は眠っているように目を閉じて、結月の手を握っている。

どうして漣がここにいて、自分の手を握っているのか。困惑して見上げていると、漣が目を開いた。

結月と目が合うと、ほっとしたように表情を緩める。

「……戻ったね」

「あの、戻るって……？」

「あなたね……」

漣は呆れたように息を吐いた。

「あなたの意識……魂が身体から離れていたんだよ。気づいていなかったの？」

「え？」

結月が首を傾げると、漣は説明する。

夜、妙な気配に気づいて女中部屋を覗くと、結月は布団の上に倒れ込んでいたらしい。声を掛けても揺さぶってもぐったりとして、起きる気配は無い。その時、漣は結月の身体から白い綱のようなものが出ているのが見えて、はっとした。

綱は、肉体と魂を結ぶ、まさに命綱。

――結月は自覚していなかったが、夢の中で梅園の子犬に出会ったのではなく、結月の魂が身体から離れて梅園に飛んでいたのだ。

漣は結月の魂を戻すため、ずっと呼び掛けていたという。手を繋いでいたのは、結月の肉体に触れて干渉することで、魂をより呼び寄せやすくするためだったそうだ。

「あ、ありがとうございます。すみません、私……」

起き上がろうとする結月を制し、漣は「それより」と厳しい声を出す。

「どこに行っていたの？」

「それは……」

「天神の梅園、でしょう」

「っ！」

なぜ知っているのかと目を瞠る結月に、漣はやっぱりと眉を顰《ひそ》めた。

「あなたは、あの犬の霊に取り憑かれているんだよ。これ以上関わると、生気を奪われ続けて死に至る。……父さんに言って、霊を祓ってもらうよ」

きっぱりと言った漣が、涼を呼ぶために立ち上がる。結月は咄嗟にその袖を摑んだ。

「待って下さい！　あの子、ただお母さんを探しているだけでっ……私、お母さんを探すって、約束して」

「いい加減にしなよ。あなたの体調が悪いのだって、さっきみたいに霊に引っ張られて霊体を飛ばしているせいだ。生気を奪われているんだよ。いくら霊に害意が無いからといって、害を及ぼさないわけじゃない。同情したら駄目なんだ」

　寝ているはずなのに疲れが取れず、日中もぼうっとしていたのは、魂と肉体が離れていた弊害だ。加えて、子犬の霊がこの世に留まる力を得るため、悪気は無くとも結月の生気を奪っている。

　結月自身も、最近の体調不良に違和感は覚えていた。

「でもっ……」

　結月は袖を摑む手にぎゅっと力を籠める。

「お願いします、どうかあの子のお母さんを探させて下さい」

「なんでそこまで――」

「あの子をひとりにしたままは嫌なんです。私が嫌なんです」

　おかあさん、と切なげに泣くのだ。

　母に置いていかれて一人になる寂しさを結月は知っている。知っているから、このまま放っておくことができなかった。

結月が必死に縋ると、漣は眉間の皺を深くして、何か言いたげに口を開く。しかし結局それは大きな溜息となって零れただけだった。

「……分かったよ」

苦々し気に漣は頷いた。

「い、いいんですか？」

漣が了承したことに、結月は自分で頼みこんでおきながらも驚いた。

「止めても言うこと聞かなそうだもの、あなたは。それに無理に祓おうとしても、あの犬を庇《かば》いそうだし」

そうしたら余計面倒なことになる、と漣は顔を顰める。確かにその通りで、結月は肩を縮こませながら謝った。そんな結月を横目で見ながら、漣はぼそぼそと口の中で呟《つぶや》く。

「僕がもっと気を付けていれば……」

「漣さん？」

「……何でもない」

漣は首を横に振って立ち上がる。

「父さんを呼んでくる。僕の一存だけじゃ決められない」

「はい……」

部屋を出ていく漣を見送りながら、結月はまだ温もりを残す手をそっと握りしめた。

意外にも、涼はあっさりと許しをくれた。

「私にもかすかな気配しか感じられない。その犬の霊は、ずいぶんと結月くんに懐いて……同化しているようだね。下手に祓うと、結月くんにも影響が出る可能性がある。それなら、母犬を探し出して成仏させた方が安全だ。……犬がいたのは湯島天神の梅園だったね」

そう言って、涼は懐から紙を取り出した。十字の切り紙……鳥の形をしたそれは、以前紙屋で見たものと同じだ。

涼は紙を口元に当て、何かをぶつぶつと呟いた後、ふっと息を吹きかける。紙を宙に放てば、すうっと宙を滑って鳥のように羽ばたく。くるりと天井付近を一周した紙の鳥は、少し開いた窓から外へ飛び出した。

「……さて、言伝《ことづて》はしたから、迎えがそのうち来るだろう。それまで、結月くんは何か食べておくといい。朝からほとんど食べていないだろう？　子犬の霊を助けたいと思うなら、なおさら君は体力も気力もつけなさい」

涼は結月の頭にぽんと手をのせる。

「他者に心を配ることを悪いとは言わないよ。でも、まずは君自身を気に懸けるようにしないとね。でないと共倒れになってしまう。……それから君は、倒れる前に誰かに頼るのを覚えることだ。いいね？」

「……はい、申し訳ございません」

「まあ、君が倒れたら、私と漣も共倒れになってしまうからねぇ」

ははは、と軽く笑った涼は結月の頭を撫でた後、漣の方を向いた。

「漣、そうならないよう、お前も一緒に行ってくれるね？」

「……分かった」

漣は硬い表情で頷いた。

＊＊＊

閑子が張り切って用意してくれた熱い湯漬けを食べ終えて人心地着いた頃、玄関で「ごめんください」と声が掛かった。

支度をした結月達が玄関に向かうと、紙子吉弥がいた。以前見た作務衣姿ではなく、シャツとズボンの洋装姿だ。

「どうも、おこんばんはぁ」

「やあ、吉弥くん。急に呼び立てて悪かったね」

「いえいえ、先生の頼みならいつでもどこでも飛んで参りますよ」

おどけてお辞儀する吉弥の胸元から、ぴちち、と鳴き声を上げて飛び出したのは、白い紙の鳥だ。涼の元へ飛んだ紙の鳥は、「ご苦労」と涼が声を掛けると、力を失ってその手に収まった。

「さて……漣、結月くん、気を付けて行ってきなさい」

「二人とも、無理はしないのよ」

「はい」

涼と閑子に見送られて外に出ると、家の前の道路に一台の車が横付けしてある。間近で見る自動車に結月が目を丸くしていると、その肩を吉弥が軽く叩いた。

「さあさあどうぞ。乗って下さい、お嬢さん」

車の鍵を手にした吉弥がにっこりと目を細めた。


人気のない道を自動車で飛ばして湯島天神に着いたときには、辺りはとっぷりと闇に沈んでいた。

真っ暗な石段を、ランタンを手にした吉弥が先導する。洋装姿だが履いているのは下駄のため、からころと乾いた木の音が響いた。

「いやあ、天方先生の使い鳥が来たときはびっくりしましたよ。まさか犬の霊のためにここまでするなんて驚きだ」

「あの、旦那様は私の頼みを聞いてくれたんです。紙子さんにまでご迷惑をおかけして……」

「ああ、それはお気になさらず。お嬢さんの頼みならいくらでも聞きますよぅ」

からからと笑った吉弥は、「お手をどうぞ」と手を差し出してくる。結月が手を取っていいものか迷っていると、後ろから来た漣が吉弥の手をぱしりと叩いた。

「ふざけてないで、早く行くよ」

「おや、坊ちゃん。焼きもちですか？」

「……」

漣は嫌そうに顔を顰める。吉弥は「冗談ですよぉ」と下駄を鳴らして先に進んだ。

鳥居をくぐり、青白く光るガス灯を通り過ぎて、手水舎で手を洗う。そうしてから梅園に入ると、辺りに白い靄《もや》が掛かり始めた。

紙子は立ち止まり、結月の方を振り向く。

「さて、到着しましたよ。どうやって犬の霊を探します？」

紙子の後ろには、果てしなく続く梅の木々が広がっている。

以前来た時にも思ったが、この梅園は結月が思っているよりも広い。裏天神――あちらの世界へと繋がる梅園は、どこまでがこの世で、どこからがあの世なのか。それとも、その狭間《はざま》の世界なのか。

境界の曖昧なこの場所で、母犬の霊を探すのは難しいことだろう。けれど、見つけなければ。そのための目を、耳を、結月は持っている。

梅園へ踏み出そうとした結月の肩を漣が押さえた。

「待って。一人で闇雲に探しても、今度はあなたが迷い子になるだけだ」

「でも、手分けして探さないと……」

天方家を出立する前、涼に夜明け前には帰ってくるようにと釘を刺された。梅園に長い間いると、帰り道が分からなくなり、子犬の霊のようにさ迷う羽目になるからと。

短い時間で探すには、皆で一緒に動くよりも分かれて探した方がいい。だが、漣の言う通り白い靄のかかった広い梅園では、すぐにはぐれて迷ってしまいそうだった。

「それなら、俺がお嬢さんと行きますよ。安心でしょ？」

にこーっと笑った吉弥が結月の手を取ろうとした時、漣が鋭い指笛を吹いた。

ぴゅいっと短い音の後、上空で風が吹き、軽い羽根の音とともに現れたのは四羽の小鳥だ。その中の三羽に見覚えがあった。毎朝窓辺に訪れる白と黒の鳥――シジュウカラと、最近来るようになったスズメとメジロだ。もう一羽の見知らぬ鳥はツバメだった。

漣が腕を出すと、ツバメとメジロがその腕にとまる。一方、シジュウカラは結月の周りを回って、肩の上にちょこんと乗ってきた。

おっかなびっくり結月がシジュウカラを見やると、小首を傾げた小鳥は、ちちっと挨拶を返してくる。

「あの……この子は……」

「……僕の式神だ。連れていくといい。たとえ迷っても、僕の元へ戻るようになっているから」

「は、はい」

「へえぇぇぇぇ。坊ちゃん、ずいぶんと優しいことで――いってぇ！」

からかう吉弥の頭の上に、スズメが着地、もとい、鋭い爪の付いた足で頭部を蹴りつけてとまった。痛い痛いと喚《わめ》く吉弥に構わず、漣が「それじゃあ」と身を翻《ひるがえ》す。結月は吉弥を気にしつつも、梅の木々の間へと足を進めた。

……探し始めてどのくらい経っただろうか。

目を凝らして耳を澄ますが、霊の気配を感じ取ることができず、結月の焦りは募っていくばかりだ。

気配を探ることに集中しすぎて足元の木の根に気づかず、シジュウカラの注意する鳴き声で転ぶのを防ぐ、といったやり取りを繰り返している。

結月は額に滲む汗を拭い、立ち止まった。後ろを振り返っても漣や紙子の姿は無く、白い靄の中に緑の葉が茂っているだけだ。

急に心細くなる結月の肩で、シジュウカラが力づけるように鳴いた。

「……ありがとう」

そうだ。彼がいれば、漣の元へと戻れる。今は探すことに集中しなければ。

結月が前を向いたとき、足元で何かが動いた。柔らかな毛の感触に地面を見下ろすと、黒い子犬がいる。子犬は頼りない足取りで、木の根を乗り越えて進み始めた。子犬もまた、母犬を探すために出てきたのだろうか。

ふんふんと鼻を動かして進む子犬の後を、結月は追う。

やがて子犬が、いっとう大きな梅の木の根元で立ち止まった。子犬の先を見ると、何か白い欠片のようなものが散らばっている。

「……っ」

それが骨だと気づいた結月は息を呑んだ。

大きな骨と、小さな骨。子犬は大きな骨の周りをまわって、くぅん、と切なく鳴く。

――オカアサン。

呼ぶ声が聞こえる。

それでようやく、結月は大きな骨が母犬のものであると分かった。そして小さい骨は、この子犬のものなのだろう。ここで彼らは死んだのだ。

結月は子犬の側に屈みこんだ。小さく震える背にそっと触れた。

「……っ」

途端、頭の中に映像が流れ込む。


大きな牙。見上げるほど大きな犬。

大きな足で蹴りつけられた。強い衝撃。身体が吹き飛んだ。

視界が回って空が見える。地面にぶつかって、きゃんっ、と声が出た。

お腹を踏まれた。鋭い爪が刺さる。

――痛い。痛いよ。助けて、お母さん。

その時、ぼくを踏みつける大きな犬に、黒い犬が飛び掛かった。お母さんだ。

もみ合って地面に転がる大きな犬とお母さん。

お腹が痛くて、ぼくは動けない。忙しなく短い息をするだけだ。

やがて大きな犬が逃げ出して、お母さんがこっちに来る。

ふらつきながら、大きな口でぼくを咥《くわ》えて運ぶ。

見下ろした短い手足がぶらぶらと揺れる。

石の階段。土と葉っぱのにおい。

お母さんは大きな木の下でぼくを降ろして、血が溢れる傷を舐《な》めてくれる。

地面に寝そべったお母さんのお腹と首からも、血が出ていた。ぼくもお母さんを真似してその傷を舐めるけど、血は止まらない。

——お母さん、起きて。

お母さんを呼ぶけれど、起きてくれない。

ぎゅうっと身体を寄せる。いつも温かいお母さんのお腹が、どんどん冷たくなっていく。

ぼくも眠くなってきた。手足がうまく動かない。

……大丈夫、少し眠って。起きたらきっと——。

そこでまた、視界が変わった。

母犬も子犬もそのまま目覚めることは無かった。樹上から落ちてきた葉に埋もれて、親子の肉体は朽《く》ちていく。

腐る肉体の傍らに、霊体となった子犬がひとり佇《たたず》む。辺りを見回して、母犬を求めて鳴くが、母犬はいない。


——おかあさん、どこにいったの。

ひとりにしないで。さみしいよ。おかあさん……。

切ない鳴き声が、梅園の中に響いていた。


——ぢぢっ！

耳元で鋭い鳴き声がして、結月は我に返った。

いつの間にか、結月は木の根元に倒れていた。木の根に止まったシジュウカラが、心配そうにこちらを見つめている。

ぼんやりとしながら、結月は先ほど見た映像を思い返した。

……あれはきっと、子犬の記憶なのだろう。

子犬の感情に引きずられたのか、胸を引き絞られるような悲しみと寂しさに、勝手に涙が零れてしまう。声も出さずに泣く結月に、シジュウカラはおろおろとした様子で根の上を移動する。

子犬もまた、結月の顔を覗き込んで頬を舐めてきた。冷たい感触は優しくて、その優しさにまた泣きたくなる。ぐっと歯を食いしばって堪えて、結月は頬を拭った。

呼吸を整えて、ゆっくりと起き上がる。大丈夫と返事するようにシジュウカラと子犬の頭を撫でた。

そうして、改めて子犬を見る。子犬は結月から離れて、再び大きな骨に寄り添った。さっき見た映像と同じように母犬の目覚めを待つようだ。

辺りを見回すが、母犬の霊は見当たらない。結月は、きゅんきゅんと鳴く子犬の背を撫でる。

「……お母さん、いないね」

もしかすると、母犬はすでにあの世へ旅立ったのだろうか。子犬は母犬が成仏したのを知らず――むしろ自分が死んでいることに気づかずに、母親が起きることを願い、願うあまりにこの世に執着しているのかもしれない。

考えていると、遠くから声が聞こえてきた。

「おーい、お嬢さーん！」

木々の葉をかき分けてやってくるのは吉弥と、そして漣だった。木の下に座り込んだ結月に気づくと、駆け寄ってくる。

「大丈夫ですか？　お嬢さん」

「どうしてここに……」

「四号……その、式神があなたの様子が変だと伝えてきたんだ」

厳しい顔をしていた漣だったが、結月が無事であることを知ると、顔の強張りを解いた。

「お嬢さん、目が赤いですよ。それに頬が土で汚れて……」

結月を助け起こした吉弥が、傍らにいる犬の霊に気づく。

「おやおや、ひょっとして、そいつが例の犬っころですかい」

「……」

吉弥の言葉に、漣が眉を顰めた。素早い足取りで近づいてきて、黒い子犬に腕を伸ばして摑み上げる。漣に首根っこを摑まれた子犬は「きゅうっ」と鳴いて、嫌そうに暴れた。

「れ、漣さん！」

「またあなたに取り憑いたら困る」

確かにそうなのだが、子犬を祓うのではないかと不安げに見上げると、漣は溜息を吐《つ》いた。

「別に今すぐ祓う気は無いよ。……その骨は？」

「あ……この子犬と、それから母犬のものです」

結月は、先ほど見た映像を話した。

霊の記憶を見ただなんて、普通なら信じられないところだろうが、二人ともあっさりと信じてくれる。特に吉弥は、感心したように結月を見た。

「へえ、目がいいとは聞いてたけど、こりゃあ優秀な霊媒《れいばい》だ。女中にしとくのがもったいないくらいですよ。どうですお嬢さん、やっぱりうちに――」

「吉弥さんは黙っててくれませんか」

漣が言うのと同時に、スズメが吉弥の頭を突いた。吉弥が頭を押さえて蹲っている間に、漣は子犬を摑んだまま結月に告げる。

「僕達の方でも母犬は見つけられなかった。まだこの世にいるのなら子犬を探すはずだろうけど、ここには気配も残っていない。母犬はもう成仏している可能性が高いと思う。探すよりも骨を供養して、この子も成仏させた方が早い。あの世で会えるだろう」

漣の提案はもっともだった。子犬を母犬の元へ向かわせる、それが最善なのだろう。

吉弥が頭を擦《さす》りつつ結月の側に屈んで、取り出した風呂敷を広げる。

「それじゃ、骨を拾って天神さんの方へ行きましょうか。供養するならそっちの方がいい。この梅園の中じゃあ、魂は迷っちまいますからね」

「……はい」

吉弥に倣《なら》って、結月も骨を拾い、風呂敷の上へと載せる。

……無事に子犬が母犬に会えますように。母犬が子犬を迎えに来てくれますように。

願いながら、丁寧に骨を拾う。

『大神様、どうかこの子をお導き下さい。この子の母親をお導き下さいませ』

ふと、懐かしい声が脳裏に浮かぶ。幼い頃、母が子供の霊を供養する際に言っていた言葉だ。魂が迷わぬように送り出す。サニワの神事と言っていた。

うろ覚えの口上よりも記憶に残っているのは、母が儀式の時に口ずさんでいた数え歌だ。

――ひふみゆらふら、ひふみゆらゆらひふみゆらゆら……

――ひとふたみぃよ、いつむぅななや、ここのたり。ひとふたみぃよ、いつむぅななや、ここのたり。ひとふたみぃよ、いつむぅななや、ここのたり。もも、ち、よろず……

母のような神事ができるわけではないが、少しでも子犬の供養になればと、結月は小さく口ずさむ。

「お嬢さん、その歌……」

近くにいた吉弥が目を瞠るが、結月は気づかない。その時、ふっと身体が浮くような感覚がした。

――坊や……坊や……。

遠く、はるか天上から声が聞こえる。

声の方を向こうとしたが、結月の身体は動かない。なのに、口だけは勝手に動いて歌を紡ぐ。声が、何かの気配が近づいてくるのが分かる。

ぴくりと子犬の耳が動いた。身体を捻って漣の手から逃れた子犬は、結月へと駆け寄る。

結月もまた、子犬へと手を伸ばす。漣が止める前に、結月は子犬を抱きかかえた。

『……坊や』

結月の声に、別の女性の声が重なる。子犬は結月に抱き着いて泣いた。

『お母さん、お母さぁん』

『ひとりにしてごめんね。さあ、坊や、一緒に行きましょう』

結月もまた子犬を強く抱き締める。

やがて結月の身体から何かが抜けて――気づけば腕の中の子犬も消えていたのだった。

「……消えた？」

軽くなった自分の腕を見下ろしていると、ぐらりと視界が揺れた。

地面に倒れ込みそうになる結月を、慌てて漣が支える。子犬の姿が消えたことで、再び結月に取り憑いたのではないかと漣が顔色を変えるが、吉弥がのんびりと言う。

「坊ちゃんも見えたでしょ。ちゃあんと二匹、一緒に上がっていきましたよ」

吉弥が天を指さす。漣もしばらく上を見た後、溜息を吐きながらも頷いた。

「……念のため骨の方も供養するよ」

「そうですねぇ。でもお嬢さんをどこかで休ませないと。よし、俺が天神さんまで運んで――」

「僕が運ぶ。吉弥さんは骨をお願いします」

「そうは言っても坊ちゃん、お嬢さんと背の高さ同じくらいでしょ。運べます？ ここから天神さんまで結構ありますよ」

吉弥の指摘に漣はこめかみを引き攣《つ》らせたが、やがて嫌そうに了承する。

「……吉弥さん、彼女をお願いします」

「そうこなくっちゃあ！　それじゃあお嬢さん、先に行きましょうか」

吉弥はにんまり顔で結月の肩に手を掛け、漣はそれを苦々し気に見やった。


結月を軽々とおんぶした吉弥は、軽い足取りで梅の木の間を進む。

「すみません、紙子さん……」

身体に力が入らず、歩くこともままならない結月は吉弥に謝った。子犬の霊が消えた後、なぜかひどく疲れたような状態になっていたのだ。まだ頭がふらふらとしている。

「いえいえ、このくらい平気ですよ。お嬢さんは羽のように軽いですからねぇ。何なら横抱きで運び――って痛ぁっ！」

吉弥の頭を突いたのは、結月の肩に陣取ったシジュウカラとスズメだ。お目付け役と言わんばかりに目を光らせて鋭い嘴《くちばし》を構える彼らに、吉弥は肩を竦める。

「まったく、坊ちゃんも随分と心配性で……」

「だ、大丈夫ですか？」

「師匠の拳骨に比べればこれくらい」

吉弥はへらっと笑って再び歩き出す。

「まあ、お嬢さんが動けなくなるのも当然ですよ。なんせ『口寄せ』と『魂《たま》送り』、二ついっぺんにやったんですから。疲れるに決まってる」

「口寄せって……」

「母犬を呼んだじゃありませんか。おかげで子犬も安心して成仏できた。お嬢さんのおかげですよ」

「……そうだったんですか」

実感が無くて、結月は曖昧に答える。紙子は「おや」と首を傾げた。

「だってお嬢さん、骨を拾う時に唱えていたでしょう？　天《あま》の数歌《かずうた》を。ありゃあ、宗派によって多少差はありますけど、祓い清めから口寄せまで使える奉唱《ほうしょう》の一つですしね。お嬢さんもどこかで修行なすったのかと」

天の数歌……あの数え歌の事だろうか。

「あの歌は母から……」

「おや、ひょっとしてご母堂が拝み屋だったんで？」

「……」

結月が答えていいものか悩んでいると、その逡巡《しゅんじゅん》に気づいたのか、吉弥は「まあ、とにかくよかったですよ」と話を打ち切ってくれた。

吉弥の気遣いに感謝と申し訳なさを抱きつつ、彼の背にしがみつく。

その後ろ姿を一羽の白い梟《ふくろう》が見つめていることに、結月は気づくことができなかった。

＊＊＊

漣が回収した骨を湯島天神の一角に埋めて供養し――後で吉弥が宮司《ぐうじ》に話をつけてくれるらしい――、漣と結月は帰路についた。

吉弥の車で送ってもらって天方家に着いた時には、すでに夜が明けていた。車の中で眠ったおかげで、身体は歩けるまでは回復していた。

薄明の中、車を降りた結月は吉弥に頭を下げる。

「紙子さん、本当にありがとうございました」

「いえいえ、どういたしまして」

愛想よく笑っていた吉弥がすっと目を細めて空を見上げた後、結月に顔を近づける。

「……お嬢さん、どうぞ気を付けて下さいね」

最初、体調のことだと結月は思った。しかし、続けられた吉弥の囁《ささや》きに目を瞠る。

「――天方先生は優しそうに見えて、怖いお人ですから」

「あの、それは……」

どういう意味なのだろう。結月が聞き返す前に、吉弥はさっと身を引いた。天方家の門扉に手を掛けた漣が、怪訝そうにこちらを見ている。

「吉弥さん、何をしているんですか？」

「いえね、坊ちゃんが素直じゃないって話をしてたんですよ」

「……」

無言で眉を吊り上げる漣に、吉弥は「おお怖い」と大げさに震えてみせて、車に乗り込む。

「それじゃあ、また」

窓からひらひらと手を振って車を出す吉弥を見送りながら、結月は先ほどの言葉を思い返した。

……天方先生。涼が、怖い人？

怒ると怖い、というような意味ではない気がする。ただの冗談にも聞こえなかった。何に気を付けろという意味だったのだろう。

足を止めて考える結月に、漣が声を掛ける。

「……あの人に何か言われたの？」

「あっ……いえ、その……身体に気を付けろと言われただけです」

漣の父親を『怖い人』と言われたとは答えられないし、どういう意味かと尋ねるわけにもいかない。結月は咄嗟に誤魔化《ごまか》してしまった。

漣はしばらく訝《いぶか》しげにこちらを見ていたが、やがて扉を開いて玄関ポーチへと向かう。

その後を追う結月は、ふと思い出して着物の袂《たもと》に手を入れた。

帰りの道中、結月の肩に止まっていたシジュウカラが、うとうととして落ちそうだったので、着物の袂に入れて抱えていたのだ。返さなくては、と結月は熟睡したままのシジュウカラを漣に差し出した。

「漣さん、この子お返しします。今日は助かりました。ありがとうございます」

「……」

漣はシジュウカラを受け取ろうとして、しかしその手を引っ込めた。

「……そいつはあなたに預けておくよ」

「え？」

「あなたは危なっかしいから、お守り代わりに持っておけばいい。少しは役に立つよ。名前は四号。別に、好きなように呼んでもいいけど」

「でも……」

「また霊に取り憑かれたら、そちらの方が困るから」

素っ気なく言う漣だが、頬が少し赤くなっている。

恥ずかしがり屋で素直じゃない、と閑子や吉弥に称されている漣。素っ気ない言葉でも、結月を心配していることが伝わってくる。

「……ありがとうございます。大事にします」

結月は掌のシジュウカラ、もとい四号をそっと包み込み、嬉しさに頬を緩ませながら漣を見上げた。

漣は軽く目を瞠った後、急いで顔を逸らす。「別にそんなに大事にしなくていい」と返す彼の耳は真っ赤になっていた。

＊＊＊

日の出前の濃淡がかった空の下、大きな白い翼を羽ばたかせた梟が庭へと舞い降りてくる。寝間着姿で羽織を肩にかけた涼が手を伸べると、その手に梟がとまった。

「おかえり、朧《おぼろ》。首尾はどうだったかな？」

途端、梟の姿がふっと掻き消える。涼の手に残ったのは白い紙だ。

涼は目を閉じて紙を握った。しばらくして目を開き、薄い唇の端を上げる。

「……やはり、あの子は使えそうだ」

ふっ、と笑みが零れる。その目は鋭く冷たい光を宿していた。

庭に一人佇む涼の耳に、愛しい妻の声が聞こえてくる。漣と結月の帰りを知らせる声だ。涼は目の光を和らげ、紙を袂に入れて身を翻した。

「閑子、もうすぐ君を……」

呟きは雨戸を開ける音に消されて、誰の耳に届くことも無かった。

閑話　四号のなやみごと

——近頃、四号の様子がおかしい。

二号と三号の報告を受けた漣《れん》は、シジュウカラの四号を自室に呼び出した。

結月《ゆづき》に四号を預けて一週間、何か問題でもあったのだろうか。

漣の机の上にちょこんと降りた四号は、見たところ怪我も無く、むしろ羽毛は以前よりも艶々《つやつや》としていた。だが、確かに少し元気が無いように見える。ツィッ、ピイィー……と鳴き声も覇気《はき》が無い。

「四号、どうしたんだ？」

『漣様、我は……我はもう、耐えられませぬ……！』

切々とした声が四号から零《こぼ》れた。

「どういうこと？　まさかとは思うけど、結月さんがお前に何か……」

漣の知る結月の人となりからして、四号に何かひどいことをするとは思えない。

だが、ここまで四号が追い詰められているのは見過ごせなかった。

眉を寄せる漣に、四号はぱっと嘴《くちばし》を上げて『そうではありませぬ！』と間髪をいれずに返してくる。

『結月殿には何の非もございません！　なんと失礼なことを！』

『落ち着け、四号。漣様はお前を心配しているのだぞ』

ぶわりと羽を膨らませて興奮する四号を、スズメの二号が冷静に窘《たしな》める。四号ははっと我に返って、慌てて頭を下げた。

『も、申し訳ございませぬ……』

「いや、僕も口が過ぎた。……でも、それなら何が耐えられないというんだ？」

『それは……』

四号は嘴を下げて俯《うつむ》く。

『ええい、もったいぶらずにさっさと話――』

『三の君《きみ》は、少し黙っていた方がいいな』

気の短いメジロの三号の背に、ツバメの一号がどしんと乗っかって黙らせる。

飄々《ひょうひょう》とした一号に促された四号は、やがてぽつぽつと話し始めた。

漣が四号を預けた次の日、結月はさっそく四号のためにと寝床を作ってくれた。

着物の端切れと綿を使った柔らかな小さい座布団を、竹で編んだ小さな籠《かご》の中に敷《し》き詰めたものだ。

子犬探しで徹夜し、さらに口寄せをして疲れていただろうに、結月は仕事の合間を縫ってせっせと針を動かしていた。

「よかったら使ってね」

そう言って文机《ふづくえ》に置かれた専用のふかふかの寝床に、四号はいたく感動したものだ。

『ね、寝床だと⁉　ふっかふかの⁉　くっ、羨ま……い、いや、お主それでも鳥か！　枝の上で寝ればよかろう、未熟者め！』

『三の君、だからうるさいよ。……四《よん》の君、続きをどうぞ』

結月と共に過ごすようになった四号は、彼女の優しさに間近で触れた。

寝心地抜群の寝床。美味しいお菓子。時折指の先でそっと羽繕《はづくろ》いまでしてくれて、羽艶が良くなったくらいだ。

そんな居心地の良い生活のはずなのに、徐々に心の奥に溜まっていくものがある。

それは罪悪感だ。

つい先日、結月がそういえばと四号に話しかけた。

「あなたは毎朝挨拶に来てくれていた子？」と。

結月は言った。

「もしかして……漣さんがあなたを挨拶に寄こしてくれていたの？　その頃から、心配して様子を見に来てくれていたのかしら。そうだったら私、漣さんのことを誤解していたのね。ずっと、嫌われているものだと思っていたの」

そうじゃなかったのね、と結月ははにかむが、そのあどけない笑顔に四号の中の罪悪感がぶわりと膨れ上がった。

まさか結月を監視するためだったとは、嘴が砕かれても言えなかった。

だが、四号のことを露程も疑っていない結月を見ていると、良心の呵責《かしゃく》に苛《さいな》まれる。そうして、徐々に元気を無くしていったのだ。

『わ、我は結月殿を騙しており、重ね重ね申し訳ないと……！』

さめざめと泣く四号に二号が近づき、羽でその背を擦《さす》った。

『そこまで思い悩まなくてもよいだろう。お主は命令に従っただけだ』

漣もまた、四号の頭に触れて撫でる。

「その通りだよ。僕が命令したことで、お前が気に病むことじゃない」

『ですが……』

「反省すべきは僕の方だ。……悪かったな、四号」

『れ、漣様……!!』

ぶわっと四号は羽を震わせた。つぶらな目を潤ませて、おいおいと余計に泣く。

その姿に三号は呆気《あっけ》に取られ、一号はおやおやと目を眇《すが》めた。

『うーん……そんなに気になるのであれば、四の君の代わりに、私が結月殿の守りにつこうか?』

『なっ⁉』

一号の提案に、四号はぎょっとして泣くのを止めた。

『だっ、駄目です！　我が結月殿を守るのです！　今までの恩に報いるのです！』

憤然と答えた四号に、一号はふふっと軽やかな笑いを零《こぼ》した。

『ならば、そうするといいよ。……漣様、今まで通り、四の君は結月殿に預けるということでよろしいか?』

「ああ。四号、これからも頼む」

『あ……』

四号は漣をぽかんと見上げる。やがて、顔をごしごしと羽に擦《こす》り付けて涙を拭くと、きりっとした表情を見せた。

『御意《ぎょい》!』

力強く鳴いた四号は、翼を広げて窓の外へと飛び立った。さっそく結月の元へ向かったのだろう。

どこか眩《まぶ》しいものを見るように目を細める漣の肩に、一号が止まる。

『漣様、お寂しいか？』

「……別に。離れていても僕の式神だ。お前達もいる。むしろ今まで騒がしかったから、少しは静かになっていい」

『ええ』

くすりと笑った一号は、ところで、と話を変えた。

『漣様は、結月殿に今まで監視していたことを話す予定はおありで？　結月殿なら受け入れてくれるでしょうが』

「…………」

『まあ、おいおいというところですかねぇ』

のんびりと言う一号に、漣は四号の代わりに罪悪感を背負う羽目になった。

漣が結月に正直に話して謝るのは、それからしばらく経ってからのことである。

第四章　天方家の秘密

五月も終わりに近づくと、季節は夏めいてくる。

庭木の緑は青々として、爽《さわ》やかな風が葉を揺らして頰《ほほ》を撫でる。気持ちよく晴れた今日は、まさに洗濯日和だ。

結月《ゆづき》は庭にある井戸の流し場に盥《たらい》を置き、水を張った。流し場には、先日の衣替えで選《よ》り分けて、時間のある時に解《ほど》いておいた着物地が数枚積んである。

長い間仕舞われていた着物は特に汚れているわけではないが、洗い張りの前に埃《ほこり》や古い糊《のり》を落とす必要がある。洗い張りをするのは夏なので、梅雨前にはその前の支度まで終わらせておきたい。結月は天気の良い日に空いた時間を見計らっては、解いた着物地を洗うようにしていた。

盥に張った水に着物地を浸けて、石鹼は使わずに水洗いする。汚れがある場合には石鹼を使うが、今日洗う分は大きな汚れの無いものなので水洗いだけでよい。

着物地を揉むように洗っていると、次第に水が濁ってくる。水を換えて洗い、これを繰り返して綺麗になるまで濯《すす》ぐのだ。

洗い終えたら、細長い着物地を竹の竿に干していく。最後の一枚を干し終えて、結月はふうと息をついた。

見上げた視線の先にあるのは、白地に桃色の縞《しま》模様の単衣《ひとえ》と、金魚の柄の入った水色の薄物の着物地。どちらも閑子《しずこ》から貰ったものだ。

これ以外にも橙《だいだい》色の江戸小紋や黄緑と青の格子《こうし》縞など、合わせて六枚も譲り受けてしまった。衣替えの際に閑子と涼《りょう》が選んでいたらしく、後日ぽんとまとめて渡されたのだ。

こんなに頂けませんと恐縮する結月に、閑子は「せっかくだから結月ちゃんに着てもらえたら嬉しいわ」と仕立て直しの予定を立てていたものだ。

晴天の下、着物地が風にはためく。これなら綺麗に乾きそうだ。

汗をかいた首筋や腕に風が当たって涼しい。春から夏に移り変わるこの季節が、結月は好きだった。

――天方《あまがた》家に来てから、二か月が経つ。

まだ二か月という短い間だが、結月は天方家での生活にすっかり馴染《なじ》んでいた。

最初は慣れなかった西洋式台所での炊事も、今ではガスコンロも水道も難なく使っている。台所にある食材や残り物でおかずも工夫して作れるようになったし、紅茶も上手に淹《い》れられるようになった。ミルクシチューの作り方も閑子が教えてくれた。

涼を訪ねてくる来客の対応にも慣れた。普通の人間の時もあれば、そうでない時もある。先日は人間かと思ったら、どうやら狸が化けていたようだ。お駄賃と言って渡されたお札《さつ》が、客が帰った後に葉っぱに変わっていた。もっとも、季節外れの赤い紅葉《もみじ》や黄色い銀杏《いちょう》は珍しくて綺麗だったので、薄紙に挟んで取ってある。

それから、最近は漣《れん》の態度が柔らかくなったような気がする。朝は台所に顔を出して彼の方から挨拶してくれたり、剣道の道場に行くときは前日に伝えてくれたりと、前よりも会話が増えた。結月自身も漣と話すときには緊張していたが、それがだいぶ減ったものだ。

天方家の皆は優しい。まるで家族の一員のように、結月に接してくれる。

野宮《のみや》の家では使用人が多くいたので、家族と使用人との境はきっちりとしていた。それに、結月は人に見えないものを見る奇妙な力を持っていたので、使用人仲間からは遠巻きにされて、親しく話せる者もいなかった。唯一、野宮家の跡取り息子であった秀一《しゅういち》とは仲が良かったが、そんな彼も結月の力を信じてはいなかった。

ところが天方家の皆は、結月のことを奇妙な力ごと、あっさりと受け入れてくれた。

それもそのはず、涼も漣も、結月と同じ力を持っており、涼は拝《おが》み屋を生業《なりわい》としているくらいだ。閑子に至っては、彼女自身が幽霊なのである。そんな彼女が引き起こした怪現象のせいで、結月が来る前は次々に女中が辞めていったという。

普通の人間にとっては、天方家は奇妙な家なのだろう。

しかし、結月にとっては自分の力を隠さずに済むだけでなく、むしろその力が役立つ場所だ。閑子など、結月が来たことを一番喜んでくれている。

『今までね、実を言うと少し寂しかったの。涼さんと漣くんは私のことが見えるけれど、他の人には見えないでしょう？　話しかけても返事が返ってこないって、寂しいものね。せっかく来てくれた女中の子達も怖がらせてしまうし……。だからね、結月ちゃんが来てくれて、本当に嬉しいのよ』

共に家事をする時、閑子は時折そう言っては、頬を染めてはにかむ。

喜んだり、拗《す》ねたり、悲しんだり――ころころと表情が変わる朗《ほが》らかな閑子。

彼女の優しい笑顔が、結月はいっとう好きだ。こちらまで嬉しくなる。

だが同時に、なぜ閑子は幽霊なのだろうと疑問に思ってしまう。気になって漣に尋ねたこともあったが、結局教えてはもらえなかった。

結月にできることなどなく、家族のことに踏み込むなと線を引かれた。結月自身もわかっている。家族の一員になったように感じているだけで、結月は決して天方家の人間ではない。

あくまでも自分は女中であり、天方家に仕えている使用人なのだ。

それに、いつまでも天方家で女中として暮らせるわけではない。今のところ嫁に行く当てなどは無いが、将来必ず、この家を出る時が来る。

「……」

それを寂しく思ってしまう自分に気づいて、これではいけないと結月は首を振った。

「……よしっ」

今は自分にできることを一つずつやっていくしかない。

折しも、縁側から閑子が結月を呼ぶ声が聞こえてくる。「ただいま参ります」と返事をして、結月は急いで盥を片付けた。

＊＊＊

「涼さーん、ここの襖《ふすま》を外して下さる？　少し固くって動かないの。私がすると襖が破れそうで……あっ、漣くん、緞通《だんつう》はあまり強く叩いては駄目よ！　表面が傷んでしまうわ」

五月末の休日。天方家には、閑子の指示を出す声が響いていた。

現在、天方家は夏支度の真っ最中である。季節に応じて衣を替えるように、家の中の建具や敷物といった家具調度類のしつらいも改めるのだ。

夏に向けて、襖や障子を取り外し、簀戸《すど》や簾《すだれ》に掛け替える。風通しを良くするためだ。また、家屋の外回りには日よけの軒《のき》すだれを掛ける。

畳の上に敷《し》いていた暖かい毛織物の毛氈《もうせん》や緞通は、軽く日に当てて埃を叩き出す。汚れやシミがあれば、石鹸水でこすって落とし、水で拭き取って乾かしてから木箱に仕舞うのだ。虫がつきやすいので、樟脳《しょうのう》やナフタリンといった防虫剤を一緒に入れることが必須だ。

そうして、代わりに網代《あじろ》や籐《とう》むしろを畳の上に敷くと、いかにも涼しげで爽やかなしつらいとなる。

建具や敷物は大きく重く、なかなかの重労働であるので、男性の涼と漣が駆り出されていた。涼は建具を外して、夏用のものへと替えている。背が高いので、簾を掛けるのも容易《たやす》いようだ。漣は家中の敷物を回収して、縁側へ並べたり、竿に干したりと力仕事に徹していた。

結月はといえば、外された建具を綺麗に拭いたり、毛織物のシミを落としたりと細かい作業を行っていた。

昼休憩を取りながらの一家総出の夏支度は、日が傾いてきた頃にようやく終わりが見えてきた。

慣れない作業で疲れたのか、開け放たれた居間の縁側で横になった漣は、すっかり眠ってしまっている。涼もまた縁側で足を伸ばし、柱に寄りかかって一息ついていた。

日中暑くなってきたとはいえ、風はまだ冷たい。結月は眠る漣に薄い上掛けを掛けた。それから台所で熱いお茶を淹れ、昨日買っておいたアンパンをお盆に載せて居間に戻る。

「夕食まで時間がありますので、よかったら」

「ああ、ありがとう」

お盆を差し出すと、涼は胡坐《あぐら》をかいて座り直し、隣をぽんぽんと叩いた。

「結月くんも休憩しなさい。朝からずっと動いているだろう」

「ですが……」

「見なさい、漣だってあの体《てい》たらくだ。君が少し休憩したところで、文句を言うはずもないよ」

すうすうと寝息を立てる漣を指さして、涼が悪戯っぽく笑む。

主人の心遣いに感謝しつつ、結月は少し離れた所に正座して座った。

夏仕様となった室内を涼しい風が通り抜け、程よい疲れもあってか心地よく感じる。熱いお茶がまた美味しい。

「三嶌屋《みしま》のアンパンだね。ここの餡《あん》は少し塩気があっておいしいんだ」

甘いもの好きの涼が、アンパンを頬張って目を細める。

結月もアンパンを手に取ってかじった。柔らかなパン生地はふかっとして、餡はしっとりと甘い。東京に来て初めてアンパンを食べたが、中身は同じ餡子なのに、香ばしく焼けたパン生地は饅頭《まんじゆう》や大福とは違った美味しさがある。

半分ほど食べたところで、ふと結月は気づいた。閑子の姿が無い。

「……あの、奥様はどうされたんですか？」

「閑子なら眠っているよ。今日は随分と張り切っていたから、疲れたんだろう」

「そうですか……」

時折、閑子はひどく眠たくなることがあるそうだが、今がそうなのだろうか。

何となく、以前よりも閑子が家の中から姿を消す……閑子の気配を全く感じなくなる時が増えたような気がする。気のせいかもしれないが、少し心配だ。

「……」

しかし涼に尋ねることはできない。結月はアンパンの残りをもそもそと食べて、湧き出した疑問と共に飲み込んだ。

まだ片付けの途中であるし、これから風呂焚《た》きや夕食の準備もある。今は自分の仕事をしなくては。ちょうど涼も食べ終わったようなので、休憩はここまでと結月は立ち上がった。

すると、涼が思い出したように声を掛けてくる。

「ああ、そうだ。座布団をまだ替えていなかった。悪いけれど結月くん、二階の書斎と客間に置いてあるものを取ってきてくれるかい?」

「え……?」

客間は普段出入りを禁じられているが入ってよいのだろうか。疑問に思ったが、涼は「よろしく」といつもの穏やかな笑みを浮かべている。

「は、はい。かしこまりました」

結月は惑《まど》いつつ頷いて、二階へと向かった。

二階の書斎は、涼に掃除を頼まれた時に時々入るので勝手は知っている。

書斎は洋室で、壁一面を埋める大きな本棚、そして窓の側に書き物机と椅子がある。結月は椅子の上に敷いてあった座布団を取った。

座布団もまた、夏用と冬用がある。綿の分厚い座布団から、麻やパナマの薄い座布団に替えるのだ。

結月は座布団を手にし、次に客間に向かった。少し緊張しながら襖に手を掛ける。

書斎はともかく、客間に入ったことは一度だけしか無い。しかも二間あるうちの手前の部屋に、涼が持ち帰った品物を運び入れるのを手伝ったときだけだ。

客間とはいうが誰も泊まることは無く、実際は一間は物置状態だ。結月はおそるおそる手前の部屋に入ったが、座布団は見当たらなかった。何が入っているか分からない箱が雑然と並び、棚には古い書物が重ねられている。

ならば奥の部屋だろうかと、結月は襖を開けようとした。

ふっと鼻をくすぐったのは、清涼感のある香りだ。すがすがしい香りは、以前も嗅いだことがある。これは……確か、最初に家に来た時に門柱にあった白い花の香りだ。

襖を開けた途端、その香りが結月を包んだ。

「っ……」

目の前に広がる光景に、結月は目を瞠《みは》った。

一面に、白い花が咲き乱れている。薄い花弁が幾重《いくえ》にも重なった、牡丹《ぼたん》のような大きな花。本物ではない。紙でできた花だ。

白い紙の花が、座敷を埋めるように置かれていた。中央には白い蚊帳《かや》が吊るされ、中に布団が敷かれている。

その布団に横たわっているのは――。

「……奥様？」

閑子が、青白い顔で眠っていた。

だが、結月の知る閑子とずいぶん様子が違っていた。

白い頬《ほほ》はこけて、乾いた唇は色を無くしている。いつも綺麗に整えられている髪は艶《つや》も無く、ゆるく編まれてシーツの上に垂れていた。胸の上に組まれた手と腕は、枯れ木のように細い。

……まるで病人、いや、死人のようだ。

亡くなった時の母の姿と被り、結月の背が粟立った。

しかし、胸がかすかに上下していることが、閑子がちゃんと生きていることを示している。

「……生きて、る……？」

結月ははっとした。

ここにいる閑子は、呼吸をしていて、間違いなく生きている。死人のようであっても、死んでいるわけではない。これは閑子の霊ではなく本体、肉体なのだと分かった。

だったらなぜ、ここに肉体があるのに、閑子はいつも幽霊の姿でいるのだろう。霊体《れいたい》であることを涼も漣も受け入れている。どうして――。

「結月くん」

「っ‼」

背後からの声に、結月は肩を跳ね上げる。急いで振り返ると、涼がすぐ後ろに立っていた。少し困ったように微笑《ほほえ》みながら、こちらを見下ろしている。

「だ、旦那様……」

「ごめんね、客間に座布団は無かったことを思い出して。探す手間になったらいけないと思って呼びに来たんだ」

言いながら、涼は切れ長の目を細め、結月の頭越しに部屋の中を見やる。

死んだように眠る閑子と、部屋を埋め尽くす白い花。

「あの、申し訳ございません、私……」

勝手に奥の部屋を見たことを咎《とが》められるかと思い、結月は青ざめた。

慌てて謝るが、涼は特に怒った様子は無い。すっと襖を閉めて閑子の姿を隠した後、苦笑を浮かべた。

「少し、話をしようか。……閑子のことについて」

＊＊＊

場所を変えようと涼に促されて、結月は書斎へと移動する。

ぱたんと音を立てて扉が閉まると、妙に緊張してきた。

涼と二人きりで話すのは久しぶりだ。夫をあの世へ連れて行こうとした妻の霊が、天方家にやってきた時以来だろうか。それ以外は、たいてい閑子が一緒にいた。

だからだろうか。閑子が共にいる時の涼は柔らかく優しい気配がするのに、今は何となく、静かで冷たい感じがして……少し、怖い。

結月の脳裏に思い浮かんだのは、吉弥の言葉だ。

――どうぞ気を付けて下さいね。天方先生は優しそうに見えて、とても怖いお人ですから。

「……」

違う、気のせいだ。きっと朗らかな閑子がここにいないから、そう感じるだけだ。

汗の滲《にじ》む手でぎゅっと前掛けを握る結月に、涼は落ち着きのある声で問いかけてくる。

「君は、あの部屋にいる閑子を見たかい？」

「……はい」

「ああ、別に咎めているわけではないよ。むしろ、今まで黙っていてすまなかったね。あまり知られたくなかったんだ」

「……あの、奥様は……」

生きていらっしゃるのですか、とさすがに直接口には出せなかったが、涼には通じたのだろう。

「閑子は生きているよ。事情があって、今は眠らせている。……正確には、身体を封じて、魂を切り離している状態だ」

あっさりと涼は答える。

身体を封じて、魂を切り離す。普通なら信じられないことだろうが、涼の言葉が本当だと結月は分かる。実際、閑子は霊体であるのだし、肉体が客間にあることを結月はこの目で見た。

「なぜそのようなことを……」

「そうしないと、閑子が死んでしまうからね」

死、という言葉に結月は息を呑《の》んだ。

「どういうことですか⁉」

思わず勢い込んで尋ねる結月に、涼は静かに語り始めた。

――事の起こりは五か月前。

外出から帰ってきた閑子が、玄関ポーチで倒れていたのが始まりだった。

発見したのは家にいた涼で、家の周囲にいつも張っている結界の一部がわずかに破れ、奇妙な気配を感じたという。

「その時、閑子はただの疲れで倒れたと言っていたんだ」

すぐに意識を取り戻した閑子は、自分がなぜ倒れていたのかさっぱりわからぬ様子だった。

特に病気を持っているわけでもなく、「疲れていたのかしらね」と苦笑して首を傾《かし》げていた。

確かに、その頃は年明けで、暮れから大掃除やおせち作り、来客への対応などに追われていた忙しい時期であったのだ。

念のため病院にも連れて行ったが、異常は無かった。

涼自身も、閑子に何か妙なものが――例えば霊が取り憑《つ》いたりしていないかと気配を探ったものの、その時は気配を感じられなかった。

異変が起こったのは、それから数日後のことだ。

台所で作業をしていた閑子が再び倒れたのだ。今度は意識があったのだが、困惑した表情の閑子は、急に右足が動かなくなったと言った。

そして、涼は気づいた。

閑子のほっそりとした白い右足が、赤黒く染まっていることに。

怪我ではない。病気でもない。

赤黒い文字のようなものがびっしりと、閑子の足を覆《おお》っていたのだ。

それは紛れもなく、〝呪詛〟であった。


「君はもう知っているだろうけれど、私は拝み屋をしている。祈禱《きとう》、占い、霊視、それにお祓《はら》いや憑き物落としが主な仕事だ。ただ時折……呪詛を扱うこともある」

呪詛。――呪い。

それは、恨んだり妬んだりしている相手に災いが起こるよう、神秘的なものの力を借りて危害を加える術である。呪文を唱えたり、呪う相手に見立てた人形《ひとがた》を責めたりすることで、相手を苦しめ、病気や死に至る災厄を生じさせるのだ。

結月も呪詛の存在は知っている。旅回りの巫女《みこ》であった母に、呪詛の依頼をする者は少なからずいた。もっとも、母が引き受けることは無く、依頼してきた者に呪詛の恐ろしさを言い聞かせていたものだ。

「私が扱うのは呪詛祓いだ。呪詛を掛けられた者の穢《けが》れを祓い清める。穢れを人形に移し、川や海に流して浄化したり、神として祀り上げることで立ち去らせたり……あるいは祈禱や呪力による攻撃で撃退し、相手に呪詛を返すこともある。そのせいで、何かしら恨みを買うことがあるんだよ」

呪詛を掛けた者、あるいは彼らに依頼された拝み屋。

涼が呪詛を祓えば、恨みを果たせなかった者、あるいは呪詛を返されて酷い目にあった者が、彼を恨むのだ。

「そんなの……逆恨みではないですか」

「ああ。でも、この仕事をやっている以上、仕方のないことだ」

それゆえ、涼は自身や家族の身を守るための防御策を取っている。

門柱の白い花、護花《まもりばな》もその一つだった。

護花は紙屋の『花紙』で作られ、護符のような効力を持つ。天神様の地下水を使って作られた、祓いの力を持つ和紙に、魔除けの香を焚き染《し》め、涼が自身の霊力を込めて花を作る。

護花を持てば弱い雑霊《ぞうりょう》は近づけず、持ち主の穢れを代わりに受けてくれる。護符よりも浄化の能力に特化したものであった。涼は家の周りや室内に護花を置き、さらに護符を貼って、結界を作っているそうだ。

そういえば、結月が初めて天方家を訪れた時、風もないのに花びらが一枚落ちた。それを見て閑子が「悪いものが落ちた」と言っていたが、結界の力が働いたということか。

漣や閑子にも護符を持たせており、涼が側にいない時も彼らを守るようになっていた。

しかし、涼の気づかぬうちに、閑子に呪詛が掛けられた。

呪詛は、閑子の身体を蝕《むしば》んでいった。足からふくらはぎへと文字が広がり、黒ずんでいく。それだけではなく、感覚が無くなり動かなくなった。

呪詛の文字は普通の人には見えぬもので、医者に診せたところで原因も治し方も分からない。そのうち左足にも文字が浮かび、とうとう閑子は立つことができなくなった。

涼は閑子の呪詛を祓うためにあらゆる方法を試したが、呪詛の進行を多少遅らせることはできても、消すことはできなかった。

そうしている間にも、呪詛は広がっていく。涼は進行をさらに遅らせるために、閑子の身体を眠らせることに決めた。身体の活動を最低限に抑え、冬眠のような状態にしたうえで、魂に呪詛の影響が及ばぬように身体から離す。さらに、涼は閑子の記憶も封じた。

呪詛は、掛けられた本人が『呪いだ』と認識することでより強まってしまうものだという。閑子が呪詛のことを忘れることで、効力は少し弱まる。

だからこそ、霊体となった閑子は自身が霊であることはわかっているが、その理由を知らずにいたのだ。

「では、まだ呪詛は……」

「情けないことに、今も解呪できずにいる。呪詛の元が判明すれば、糸口になるのだけどね」

呪詛を掛けられた時の記憶は、閑子には無かった。

おそらく、最初の異変……玄関ポーチに倒れていた時に何か起こったのだろうが、どういった方法で行われたのかは不明だ。

呪詛に使われている文字も、梵字《ぼんじ》に似ているが少し違う。おそらくは神代文字《しんだいもじ》──かつて古代日本、神代《かみよ》の時代に天津神《あまつかみ》や国津神《くにつかみ》が使ったとされる文字かと思われたが、これも種類が多く、どこの流派のものか特定できていないと、涼は目を伏せた。

「今のところ、呪詛の進行は抑えられている。けれど、それよりも……」

涼の視線が、客間のある方へと向けられた。

「魂が長時間離れているせいで、身体の衰弱がひどいんだ。このままでは、閑子の身体が持たない」

呪詛の影響を受けないためにと施した方法は、閑子の身体を徐々に弱らせていった。

身体の活動を抑えているとはいえ、完全に停止すれば死んでしまう。定期的に水分や栄養をとらなくては、生命活動を維持できない。身体に限界が来ると、危機を覚えた身体によって、閑子の魂は引き寄せられる。それが、閑子が『ひどく眠たくなる』原因であった。

そうして身体に戻る短い時間に、涼は彼女に砂糖や塩を溶かした水をとらせた。そのおかげで、何とか身体を維持している。しかし、魂が身体に戻るたびに呪詛も進行してしまう。

身体が持たなくなるのが先か、呪詛が全身に広がるのが先か――。

そう告げる涼の目には、暗い翳《かげ》が落ちていた。

＊＊＊

午後五時を過ぎた頃、天方家の台所では忙しなく夕食の準備が行われていた。

「先にさやいんげんを油で炒めてから、油揚げを加えるの。あとはお出汁《だし》とお砂糖と、お醤油を入れて……さやいんげんが柔らかくなるまで煮含めればいいわ」

今夜の献立は、さっとできるさやいんげんと油揚げの煮物と、主菜は漣に買ってきてもらったメンチカツだ。夏支度に時間を取られて、夕食を作り始めるのが遅くなってしまったからだ。

「ごめんなさいね、結月ちゃん。片付けの途中、私眠っていたみたいで……」

閑子が申し訳なさそうに謝りながら、糠《ぬか》漬けの大根を切る。閑子の手に握られたように見える包丁だが、実のところは宙に浮いて、不揃《ふぞろ》いな大きさに大根を切っていた。

肩を落とす閑子に、結月は「いいえ、そんな」と首を横に振る。

「奥様、お疲れの時はどうぞお休みになって下さい。私、最近は炊事も慣れてきましたし、どうか無理はなさらないで下さいね」

「まあ、ありがとう、結月ちゃん。今は元気だから大丈夫よ。ふふ、少し眠ったおかげかしら」

閑子はほっそりとした腕を掲げてみせる。楽しそうな閑子の横顔に、結月はそれ以上何も言えず、ぎこちなく笑みを返してから鍋の煮物を見下ろした。

涼から閑子の話を聞いたのは数時間前のことだ。

今、こうして閑子が霊体になっている間にも、身体の方は衰弱が進んでいる。このまま身体の死を迎えれば、きっと閑子はこの世にはいられなくなって……。

「……」

「結月ちゃん？」

「っ……」

ぱっと顔を上げて隣を見ると、閑子が心配そうにこちらを見つめていた。

「大丈夫？　結月ちゃんの方こそ、何だか元気が無いわ。疲れているんじゃ……」

「い、いえ、大丈夫です。あの、いんげんはこのくらい煮含めればよいですか？」

くつくつと煮える鍋の中を示すと、閑子は「ええ」と頷く。それ以上閑子に心配を掛けぬよう、結月はてきぱきと動いて夕食の支度を終えた。


夕食の片付けを終え、入浴を済ませた結月は女中部屋に戻った。

濡れた髪を拭きながら考えるのは、やはり閑子のことである。

閑子が死んでしまうなんて、いなくなるなんて考えたくない。だが、あのやせ細った病人のような閑子の姿を見てしまった。近いうち、現実に起こりうるかもしれないと突き付けられる。

——何か方法は無いのかしら。私にできることは無いかしら……。

髪を拭く手を止めて結月が考えていると、「チチッ」と傍《かたわ》らで鳥の鳴き声がした。文机《ふづくえ》の上、手製の竹籠《たけかご》の寝床にいるシジュウカラ——漣から預かった式神の鳥、四号がこちらを見上げている。

四号は寝床から降りて、跳ねるように机の上を移動し、正座する結月の膝の上へ飛び乗ってくる。チッチー、と見上げてくる彼の声には、こちらを気遣うような色があった。

「……心配してくれているの？　ありがとう、四号くん」

結月が指先で頭を撫でると、四号は気持ちよさそうに目を細める。しかしはっと我に返ったように、結月の指を嘴《くちばし》で柔《やわ》く啄《ついば》んできた。

誤魔化《ごまか》されないぞと、つぶらな黒い目できりっと見上げてくるので、結月は苦笑する。

四号に閑子のことを相談……するまでもなく、きっと彼も知っていることに違いない。この子は漣の式神なのだ。漣がこのことを知らないはずがない。裏天神《うらてんじん》に行った時の漣の態度が物語っている。

結月が子犬の霊に関わろうとした時に怒ったのも、今なら理解できた。ただでさえ呪詛を受けている閑子がいる家に、影響を与えそうな雑霊を持ち込まれては困るからだったのだろう。

それに、裏天神の紙屋の紙子《かみこ》吉弥《きちや》や玄弥《げんや》も、漣と交わしていた会話からすると、何かしら事情を知っている風であった。

……事情を知らないのは自分だけだった。そして、何もできないのもまた同じだ。

拝み屋であり、自分よりよほど呪詛に詳しい専門家である涼が解決できないことを、結月ができるはずもない。

余計なことはしないで、と漣の声がよみがえってきて、結月は眉尻を下げる。

結月の表情が翳ったことに気づいたのか、四号が慌てたように指先から嘴を離した。チチチッ、と慰めるように頭を指先に擦《こす》り付けてくる。四号の健気な励ましに、結月はきゅっと唇を引き結び、笑みを作った。

自分なんかより、漣や涼の方がよほど辛い思いをしている。ここで結月が落ち込んでいたところで何にもならない。

何かできること。少しでも役に立つこと……。

「……あ」

ふと、結月は思い立つ。

涼が言っていた言葉。

『呪詛の元が判明すれば、糸口になるのだけどね』

呪詛を掛けられた時の記憶が無い閑子。だが、本人が思い出せないだけであったとしたら。その時の状況を身体が、魂が覚えていれば――。

結月は霊の記憶を、ひいては過去を見ることができる。だったら、閑子の過去も見ることができるのではないか。そうしたら、呪詛を解決する糸口になるかもしれない。

濡れた髪がすっかり冷えて、寒さを覚えるまで、結月はひとり思考に耽《ふけ》っていた。

＊＊＊

翌朝、早く起床した結月は、文机に置いていたお守り袋の口を緩めて、中の物を取り出した。中に入っているのは、飴色の艶を帯びた硬い紐だ。それは麻で作られ、蜜蠟で周りを固めた丈夫な弦である。

そして、引き出しからは小弓を取り出した。使い込まれたそれは梓弓《あずさゆみ》だ。弓と弦。どちらも梓巫女であった母の形見の物だ。

結月は弦の両端に輪っかを作って、弓に弦を張る。傍らでは、寝床で四号がすやすやと寝入っていた。

母から教わった弦を張るやり方は、頭よりも手が勝手に覚えていた。ぴんと張った弦を軽く弾くと、びぃん、と震えて空気を揺らす。懐かしい感触に、結月は目を閉じた。

——結月の母は、雪深い里の生まれだった。

もっとも、結月は自分の生まれた里のことをあまり覚えていない。父の顔も祖父母の顔も、里の人の顔も覚えていない。覚えているのは、里の奥にそびえ立つ大きな白い山。雪原に注ぐ青い月光や耳が痛いほどの寒さ、雪の中で赤々と燃える松明《たいまつ》の火くらいだ。

結月が生まれてしばらくは里で暮らしていたそうだが、物心ついた頃には母に手を引かれて旅をしていた。野を越え山を越え、各地を渡り歩く生活は決して楽なものではなかったが、苦しくはなかった。

母がいつも側にいたからだ。

寒い日は二人で身体を寄せ合って眠り、眠れない夜は母が不思議な面白い話を語ってくれた。結月が腹を空かせていると、母は自分の分の食事を分けてくれた。つらい旅路も、心細い夜も、優しく慈しんでくれる母がいれば乗り越えられた。

訪れた村で占いや祈禱、祓い清めをする母の姿は神秘的で少し近寄りがたく、いつもの優しい母と違って戸惑《とまど》いはしたが、憧れていた。

村の人に頼られ、人には見えない恐ろしいものに凜と立ち向かう姿は、まるで神様のようだった。子供ながらに誇りに思えた。

結月の奇妙な力は母から受け継いだものであり、能力に戸惑い悩むことはあれど、「こんな力が無ければ」と厭《いと》うことはできなかった。母から貰ったものだ。亡き母と結月を繋ぐものなのだ。

――この力を、母のように誰かのために使えるのなら。

結月は弓と弦を引き出しにしまってから、朝の準備を始めた。

「……」

いつものように朝食の準備をしている結月に声を掛けてきたのは漣だった。

台所の入口に立つ漣は、いつもよりも早い時間だが、すでに制服に着替えている。早く学校に行く用事でもあるのだろうか。

結月は味噌汁に入れる若布《わかめ》を切る手を止め、手を洗ってから漣の方へ近づく。

「どうかされましたか？」

「あのさ……何か、あったんじゃないの？」

漣は結月に顔を寄せて、小さな声で逆に尋ねてきた。

その鋭い問いに、結月はどきりとする。閑子の呪詛に関することを涼から聞いたことは、漣には話していなかった。

以前、閑子の件については漣に拒否されたこともあり、どう話せばいいものか悩んだ挙句、結局昨日は何も話せなかったのだ。だが、結月の動揺は彼に気づかれていたらしい。

「その……昨日の夕方から、少し元気が無かったでしょう？　それに四号が……あなたの様子がおかしいって。何か困ったことがあるなら、ちゃんと話してよ」

ぼそぼそと言う彼の表情は変わらないが、目には心配の色がある。

「……」

やはり彼にちゃんと話した方がいいだろうか。

結月一人が息まいて勝手に行動すれば、犬の霊の時と同じように、漣に心配も迷惑もかける。一度、ちゃんと相談した方がいいのでは……。

結月が口を開きかける前に、後ろから熱い視線を感じた。ぱっと振り向くと、鍋の蓋《ふた》を手にした閑子が「あらあら」と口元を押さえて、頬を染めている。

「漣くんってば、いつの間にそんなに結月ちゃんと仲良くなったの？」

言いながらも、どこか嬉しそうに閑子は頬を緩めている。どうやら漣の言葉は聞こえていなかったらしく、二人が顔を寄せて話している姿を見て何やら勘違いしたようだ。

最初は訳が分からず眉を顰《ひそ》めていた漣だったが、間近に結月の顔があることに気づいて、ぼっと頬を赤くした。結月も慌てて身を引き、彼から離れる。使用人の立場をわきまえず、こんなに近づいてしまって、不快に思われなかっただろうかと冷や汗が出る。

しかし、閑子は若い二人の初々しい反応に、「まあまあ」とますます楽しそうに笑うだけだ。漣は耳まで赤くしながらそっぽを向く。

「別に……何でもない」

仏頂面で踵《きびす》を返した漣は、足音荒く廊下の向こうに行ってしまう。

「やだわ、漣くん、そんなに慌てなくていいのよ。私は大歓迎なんだから！　ねえ、ずっと考えていたのだけど、この際だから結月ちゃんを漣くんの……あっ、もう、漣くんってば！」

漣を追って閑子がふわふわと去っていく姿を、結月は呆気《あっけ》にとられながら見送った。


その後、登校するまで漣は仏頂面を崩さなかった。

いったい閑子に何を言われたのだろう。あるいは、近づきすぎた結月に何を思ったのか。食堂でも、出掛けに廊下で弁当を渡すときも、一度も目を合わせてくれなかった。

漣に相談できなかったことを少し残念に思いながらも、結月は朝食後の片付け、掃除や洗濯を終わらせる。一通り朝の仕事が終わったところで、結月は身だしなみを整えて、書斎に向かった。

今日は、涼は一日そちらで仕事をすると朝食の時に言っていたのだ。

結月は深呼吸して、扉をノックする。

「旦那様、お仕事中に申し訳ございません。少しお話があるのですが、お時間よろしいでしょうか」

どうぞ、と軽い返事があった。書斎の扉を開けると、椅子に座った涼が振り返っている。

「どうしたんだい、結月くん」

「あの……」

いざ涼を前にすると、言葉が詰まる。

だが、昨日からずっと考えていたことだ。迷って決断を引き延ばしても、閑子の具合は悪くなる一方なのだ。結月はぎゅっと拳を握り締めて涼の顔を見た。

「旦那様、私に奥様の記憶を見させてください。その……私、霊の記憶が見えるのです。絶対に見えるわけではないのですが、もし、奥様が呪詛を受けた時の記憶を見ることができれば、何か役に立つのではと思って……」

結月の声は次第に小さく弱くなった。いざ言葉にすると、自分でも無茶苦茶な、何の確証も無い提案をしていると自覚してしまう。無言の涼の視線を痛いほどに感じて、身が竦《すく》んだ。

「お……奥様が、いなくなるのは嫌なんです。私にできることをしたくて、少しでもお役に立ちたいんです」

　何とか言い終えたが、結月は涼の顔を見られずに顔を伏せる。

　椅子の軋《きし》む音がして、涼がこちらに近づいてくるのが分かった。結月の肩に、大きな手がのせられる。

「……顔を上げなさい、結月くん」

　涼の声に、結月はそろそろと顔を上げる。涼は真剣な顔をしていた。

「ありがとう、結月くん。君の気持ちは十分にわかったよ。君の力のことも知っている。……私からも、ぜひ君に頼みたいと思っていたんだ」

「それでは――」

「ああ。どうか、閑子を助ける手伝いをしてくれないだろうか」

「っ……はい」

　結月はこくこくと頷いた。よかったと胸を撫で下ろす結月は、涼が一瞬、どこか苦い笑みを浮かべたことにはついぞ気づかなかった。

　準備をすると言う涼に、結月もまた一度女中部屋に戻って、引き出しから弓と弦を取り出した。

　――梓弓の鳴弦《めいげん》は、祓い清めから口寄せまで行える。

正確な使い方までは母は教えてくれなかったが、弦の鳴る音だけで邪気を祓うことができるという。実際に使えなくとも、側にあればそれだけで力になるような、母の力を借りられるような気がした。

弓を胸に抱えて、結月は二階へと戻ろうとするが、その肩に四号がとまる。ヂヂッ、と鳴く声は鋭い。もしかすると、漣に黙って閑子の件に関わろうとしていることを咎めているのかもしれない。

「……ごめんなさい」

謝りながらも部屋を出ようとする結月に、四号は髪を嘴で引っ張ったり大きな鳴き声を上げたりしていた。それでも結月の決意が揺らがないことを知ると、四号は少し悲しそうに鳴く。

そのまま肩にしがみ付くように細い脚に力を入れる四号にもう一度謝り、結月は二階へと向かった。

二階の客間、手前の部屋と奥の部屋との仕切りの襖は、大きく開けられていた。白い蚊帳の中、白い護花に囲まれて眠る閑子の姿が露わになっている。蚊帳の上部にはたくさんの御幣《ごへい》が下がっていて、儀式の際に周囲に張る結界のように見えた。

涼は手前の部屋にいた。正座する彼の前には、白い布のかかった祭壇のようなものが置かれている。白い瓶子《へいし》と杯、榊《さかき》の枝に紙でできた人形といった、結月も見覚えのある物が置かれている。

涼は長着に白い羽織を羽織っていた。綺麗な所作で結月の方を振り向いた彼は、

「こちらに来なさい」と手招きする。

結月の腕に抱えられた小弓を見て、涼は微笑む。

「梓弓か。やはり君は、巫女の家系だったのだね」

さすがに拝み屋である涼は詳しい。結月の素性も、もしかしたらすでに知られているのかもしれない。結月は「はい」と小さく頷いた。

「母が梓巫女でした。でも、私はちゃんとした口寄せやお祓い……巫女としての修行をしたことは無いのです」

「構わないよ。君の力があれば、きっと大丈夫さ」

涼は力づけるように結月の肩を叩く。涼が信頼してくれているのはありがたいが、当の本人である結月は不安が大きい。

涼に背を押されて、奥の間へと促される。結月は白い花をできるだけ避けて白い蚊帳の前に座った。

この後、どうすればいいのだろうか。記憶を見るためには、以前子犬の霊の記憶を見た時のように、閑子の霊に触れるべきか。……そういえば、閑子はどこに行ったのだろう。漣を見送るときには隣にいたけれど、その後は——。

考える結月に後ろで、涼が言葉を紡ぐ。

「閑子に触れなさい。そうすれば……」

涼の声が不自然に消えるのを疑問に思わぬまま、結月は言われた通りに白い蚊帳をくぐる。肩に何かが食い込んで小さな痛みが走ったが、気にも留めなかった。

花の中で、音も無く眠る閑子。冷たく乾いた彼女の手に触れた時だ。

「あ……」

視界に映る白い花が、一斉に赤黒く染まった。白かった視界が反転し、黒の世界へと変わる。何かがずるりと己の中に入り込んできたと気づく前に、結月の頭の中は乱暴に掻《か》き回される。

悲痛な鳥の鳴き声を聞きながら、結月の意識は闇に呑まれた。

＊＊＊

――遠くから、声がした。

危機を知らせる悲痛な声は、自分にだけ聞こえるものだ。

「っ……」

がたりと急に席を立った漣に、近くの席にいた友人たちが目を瞠る。

「どうしたんだ。そろそろ次の授業が始まるぞ」

「おお、サボタージュか？　天方が珍しいな」

口々に言う彼らに、漣はしかし席には座り直さずに、机に置いていた教科書を鞄に詰め込んだ。

「……悪い。先生には体調不良で早退したと伝えてくれないか」

「あっ、おい、天方！」

鞄を手にして、体調などどこも悪くなさそうな早足で漣は教室を出た。学校から出た漣の元に、複数の羽音が近づいてくる。チチッ、と鳴くのは二号だ。

『漣様、四号が……』

「分かってる」

漣に聞こえたのは、四号が危機を知らせる声だ。式神である彼とは契約で結ばれ、遠くにいても声が届く。以前、天神の梅園で結月が倒れた時にも場所を知らせてくれた。

結月に預けた四号。彼が呼ぶということは、彼女に何かあったということだ。

……朝、きちんと彼女に話を聞いておけばよかった。様子がいつもと違うことには気づいていたのに。母のからかいを真に受けて、一人で気恥ずかしくなって、怒って機会を逃してしまった。

せめてもと、四号に気を付けておくように言い含めたが、それでは足りなかった。

子犬の霊の時と同じことを繰り返している自分に腹が立つ。後悔が胸の奥に湧き上がる中、二号が言葉を続ける。

『漣様、それだけではございません。四号がいるのは、二階の客間なのです。御内《ごない》儀《ぎ》様のいるお部屋で、何かが起こったようで』

「な……」

客間。そこに母の閑子が眠っていることは漣も知っている。閑子に呪詛が掛かっていることも知っている。

だが、決して客間に入らせてはもらえなかった。手伝わせてはもらえなかった。涼が、すべて任せろと漣を排除していたからだ。

『お前には呪詛に触れてほしくない。穢れを移したくないんだよ。だから、私に任せておきなさい』

『お前まで閑子のようになってしまったら、きっと私は耐えられない。……どうか言うことを聞いてくれまいか』

そう懇願されてしまえば、漣も黙るしかない。

自分よりはるかに、父は呪詛や呪詛祓いに詳しい。漣が下手に手を出しても、悪化するだけだ。だから、漣は何もできずにいた。

『しかも儂《わし》らでは客間に近づけぬ！　遮られて入れぬのです！』

追い打ちをかけるように、三号が焦《あせ》りと怒りの混じった声を上げた。

「……」

漣の式神を近づけないための結界だろう。そんなことがあの家でできるのは――。

「っ……何を考えているんだ、父さん……！」

漣はぐっと拳を握り、家に向かって駆け出した。


家に着いた漣は、門柱の白い花を見やる。護花はいつも通りに咲き誇っていた。家の中に足を踏み入れても、悪い気配はしない。むしろ、いつもよりも澄んだ空気になっていることが、逆に不気味だった。

鞄を玄関に置き、慎重に階段を上がる。漣の肩には二号と三号が止まり、周囲を警戒している。

何か阻むものがあるかと漣も警戒していたが、特に障害も無く二階についた。そして、いつも締め切っている客間の襖が開かれていることに気づく。

部屋の前の廊下には、一羽のツバメが落ちていた。一号だ。

漣が駆け寄って掬《すく》い上げると、気を失っているだけのようで、白い腹がわずかに

影を睨《にら》んだ。動いていた。少しほっとしながら視線を客間へと向けた漣は、部屋の中央に座る人

「……父さん」

「やあ、おかえり、漣。早かったね」

いつも通りの声で、笑顔で、涼は返してくる。

涼は白い羽織を着て、首からは呪字がかかれた輪袈裟《わげさ》を下げている。精進潔斎を済ませた後のように、彼の身の回りの空気は澄んでいた。

その涼の前にいるのは、結月だった。胸の上で手を組み、白い布の上に横たわった彼女の目は閉ざされて、ぴくりとも動かない。

「結月さん！」

「大丈夫。生きているよ」

平然と返してきた涼に、さすがに怒りが抑えられなくなる。

「結月さんに何をしたんだ！　それに一号も……四号はどこに——」

「ああ、四号ならここだよ。少し穢れを受けてしまったから、浄化している」

涼の傍らに置かれた大きな護花の中に、黒い羽が見える。四号は、花弁に埋もれるように眠っていた。

「一号の方は、すまなかったね。無理に結界を破ろうとしたから、少し乱暴してし

まったよ。やれ、前はもっと聞き分けのいい子だったのに」

「っ……」

何で涼はこんなに平然としているのか。とにかく結月を起こさねばと漣が客間に入ろうとしたときだ。

「入るな、漣」

鋭い涼の声に、漣の足は止まる。ぴんと糸を張るような緊張感が辺りを包む。

「すべては私が対処する。お前は何も心配しなくていい」

「……」

またた。いつもこれだ。

そうやって、すべて一人で勝手に決めて、終わらせようとするのだ。

だが、今回はさすがに引けない。涼から発せられる威圧感に怯《ひる》みながらも、漣は客間に足を踏み入れた。

「……結月さんをどうするつもりなんだ」

「死なせはしないよ」

「そういうことを聞いているんじゃない！　彼女に何かするのなら――」

「結月くんに触れてはいけないよ」

漣が結月の方へと近づいた時、涼がぴしゃりと言った。

「彼女は、閑子の『依坐《よりまし》』だ」

依坐は、神霊の依り代となる人間のことをいう。たいていは子供や女性が用いられ、神霊を乗り移らせて託宣《たくせん》を述べさせたりするものだ。

だが、ここで涼がいう依坐は、祓いの儀式に用いるものだ。依り代になる人間は、神霊が依りつきやすい性質を持つ。それを利用して、悪霊や穢れを一時的に「つける」……元々憑かれている人間から霊を移すのだ。そうして依坐の身体に移した後で、悪霊調伏《ちょうぶく》、祓いを行う。

涼は、閑子に懸けられた呪詛を、穢れを結月に移したのだ。

「結月くんは巫女の家系だそうだよ。依坐として、これ以上無いほどの適材だ」

「だからって、そんな危険なことを……」

いくら巫女の血筋とはいえ、穢れをその身に引き受けるなんて危険だ。死に至る可能性もある。睨む漣に、涼は苦い笑みを見せた。

「……いろいろ試したんだよ。閑子の呪いを浄化できないかと、より清められた紙で力を込めた護花を大量に作った。別の物に移せないかと、強力な人形《ひとがた》を幾つも作った。……けれど、駄目だった。全て壊れてしまったんだ。ならば、もっと大きな器を、耐えられる器を用意しなくては」

訥々《とつとつ》と涼は語る。

「この二か月、結月くんを見てきた。彼女は優秀な霊媒《れいばい》だ。一度、言伝で彼女の身体を使わせてもらったが、操りやすい反面、自我が残っていた。これは珍しいことだ。元々、彼女自身の力が強いのだろうね。その割に、力の使い方を知らないようだが」

「だから父さんが使うって言うつもり？　彼女の許可なしに、勝手に……」

「勘違いしないでくれるかな。結月くんの方から協力を申し出てきたんだよ。閑子の役に立ちたい、助けたいとね。彼女の思いを無下《むげ》にしろと？」

涼の反論に、漣はぎりっと拳を強く握った。

たしかに、結月は漣に対しても言っていた。

『閑子様に、何かあったのですか？』

『何か、私にできることがあればと……』

閑子を慕《した》う結月が、閑子を助けるために動くのは分かる。だが――。

「……父さんが、そう仕向けたんじゃないのか？　母さんのことを教えれば、結月さんがそう言いだすと分かっていて、あえて教えたんでしょう？」

「……」

涼はわずかに目を眇《すが》めた後、すました顔で頷いた。

「ああ、そうだね」

あっさりと涼は肯定する。その余裕の態度が――結月を騙して利用しようとする父が、漣は許せなかった。

「こんなこと……彼女に何かあったら、母さんが悲しむだけだ！　助かったところで、母さんが喜ぶとでも思っているの⁉　結月さんを傷付けて、母さんに恨まれても、それでも父さんは――」

「わかっているよ。けれど……それでも私は、閑子を死なせたくない」

すっと涼の表情が変わる。穏やかさが消え、切れ長の目に冷たい光が宿った。普段家族には見せることの無い、涼の一面だった。

「話は終わりだ、漣。邪魔をするなら、いくらお前でも容赦はしないよ」

「っ……」

びりびりと肌に伝わってくる霊気。自分よりもはるかに強い力に漣の肌は粟立ち、足が竦んだ。

その一瞬の隙を突かれた。

突然宙に現れた白い梟《ふくろう》が大きな羽を広げて、漣めがけて勢いよく飛んでくる。鋭い爪が眼前に迫り、避けるために漣が一歩下がった途端、目の前の襖が音を立てて閉まった。

涼と結月の姿が、白い襖の向こうに消える。

「なっ……」

急いで取っ手に手を掛けて引っ張るも、襖はびくともしなかった。押してみても、蹴破ろうとしても、まるで岩戸のように固く閉ざされている。

「くそっ……父さん！」

だんっ、と襖を殴りつけて怒鳴るが、返事は無い。

廊下に降り立った白い梟……父の式神である朧《おぼろ》が、金色の目で漣を見やる。

『漣様、無駄ですよ。すでに結界は張られました。あなたの力では敵《かな》いません。大人しく引き下がりなさい』

「……」

冷静な朧の忠告に、漣の式神である二号や三号がぶわりと羽を膨らませて殺気立つ。

『貴様、よくも偉そうに……！』

『ええい！　漣様、ここは儂にお任せを！　我が命懸けても結界を破ってみせましょうぞ!!』

「っ……それは駄目だ！」

今にも襖に突っ込みそうな二号と三号を、漣は我に返って押さえた。……漣よりも逸《はや》る式神たちのおかげで、わずかに頭が冷えた。

たしかに、朧の言う通りだ。父に敵わないことは漣だって分かっている。自らの力を最大限使ったところで、結界は破れないだろう。ならば――。

漣は無言で身を翻《ひるがえ》した。漣様、と二号が困惑したように見上げてくる。

「……」

今までずっと、涼のやることが最善だと思っていたから、言うことを聞いていた。反発心はあったものの、それでも漣は心のどこかで父を信頼して……いや、父に責任を負わせていただけだ。

自分が子供だと甘えがあった。父に任せればいいと楽観できたのは、責任を負わなくてよかったからだ。

けれど、今回はさすがに見過ごせない。大人しく引き下がることなどできるか。

結界が破れないのなら、別の方法で開けるまで――。

漣は閉じた襖を振り返りざま一瞥《いちべつ》して、急ぎ足で階下に降りた。

＊＊＊

「……そうか。意外にあっさり引き下がったな」

結界の外にいる朧から、漣が客間から離れたと報告を受けて、涼は一人呟《つぶや》いた。

淡泊に見えて、負けん気の強い息子。簡単に諦める子ではないと思っていたが……まあ、いい。ひとまず時間は稼げた。結界を破るにしても、何重にも張ったものを突破してこちら側に来るには時間が掛かる。その間にすべて終わらせてしまえばいい。

「もし漣が戻ってきたら、足止めしておいてくれ」

朧にそれだけ伝えると、涼は目の前に横たわった結月を見下ろす。

胸の上で組まれた彼女の右手には、赤黒い文字が浮かんでいる。閑子の依坐となった今、結月の中で呪詛が広がりつつあるのだ。

健康体であり、かつ霊力のある結月であれば、閑子よりも進行は遅いだろう。とはいえ、広がりきる前に方法を見つけて祓わねば、結月の身も危なくなる。

『彼女に何かあったら、母さんが悲しむだけだ!』

『母さんに恨まれても、それでも父さんは――』

「……分かっているよ、漣」

結月を騙して利用した。

霊の記憶を見ることのできる結月の考えていた方法と、涼の考えていた方法は違う。

涼にとって、結月はただの受け皿でしかなかった。

その方法を言えば、結月が怯むと思ったから言わなかった。呪詛の受け皿になど、誰もなりたくないだろう。だから、結月が自主的に閑子に触れるように誘導したのだ。

涼の目論見など知らずに、結月は見事に依坐となってくれた。あまりにもうまくいきすぎて、結月の純粋な厚意を利用する己の姑息《こそく》さに、思わず自嘲の笑みが零《こぼ》れたほどだ。

結月を利用したことを知れば、きっと閑子は傷つく。だが、恨まれても憎まれても構わない。結月にも、漣にも……閑子にも。

これは自身の望みだ。ただ、閑子を元に戻したいと、その望みのために。

「……」

涼は深呼吸して精神を統一すると、榊の枝を手に取った。すっと息を吸い込んだ後、祓詞《はらえことば》を口にする。

「掛けまくも畏《かしこ》き、伊邪那岐大神《いざなぎのおおかみ》の日向《ひむか》の橘《たちばな》の小戸《おど》の阿波岐原《あわぎはら》に御禊《みそぎ》祓え給《たま》いし……」

厳《おごそ》かな響きの言葉が室内に響く中、結月の指先が小さく動いたことに、涼は気づくことは無かった。

＊＊＊

結月は黒い廊下に立っていた。

見慣れたそこは、天方家の一階の廊下だ。玄関からまっすぐに伸びて、両側には居間や台所がある。

家の中は静まり返っていた。電灯はついておらず、昼間だというのにやけに暗い。玄関扉に嵌《は》め込まれたガラスの窓から入る光の四角が、くっきりと闇に浮かんでいる。

いつか見たような光景だ。ぼんやりと光を見ていた結月は、はっと我に返った。

どうして自分はここにいるのだろう。確か、さっきまで二階にいたはずだ。そう、二階の客間に。

脳裏に映像が浮かぶ。

白い花。白い蚊帳の中に横たわる閑子。

呪詛を掛けられた閑子を助ける手助けをと、涼と共に客間にいた。

そして閑子の手に触れた、そのあと、は——？

結月は閑子に触れた手を見下ろした。

指の先に、何か汚れのような物がぽつりと付いている。赤黒いそれを拭おうとしたが、消えるどころか汚れは広がり、どんどん色が濃くなっていく。

「な……」

じわじわと指先が赤黒く染まっていく。まるで虫が這《は》うように、細い線となって手の甲を覆っていく。

「いやっ……！」

もう片方の手で払うものの、消えることはない。

ああ、これは良くないものだ。

分かったところですでに遅く、手の部分を赤黒い文字がすっかりと覆っていた。

腕の方へと少しずつ広がっていくそれを、結月は為すすべも無く見つめることしかできなかった。

＊＊＊

「――此《か》く加《か》加《か》呑みてば気吹戸《いぶきど》に坐《ま》す気吹戸主と云う神、根の国底の国に気吹放ちてむ、此く気吹き放ちてば根の国底の国に坐す速佐須良比売《はやさすらひめ》と云う神、持佐須良《もちさすら》い失いてむ、此く佐須良い失いてば罪と云う罪は在《あ》らじと、祓い給い清め給う事を天つ神、国つ神、八百万神等《やおよろずのかみら》共に聞こし食《め》せと白《まお》す……」

長い大祓詞を唱え終わった涼の額には、うっすらと汗が滲んでいた。

大祓詞は、奏上すればあらゆる罪や穢れが祓われ、どんな悪いものも落とすことができると言われている、もっとも強力な言霊《ことだま》だ。

だが、見下ろした先の結月の手を見て、涼は眉根を寄せた。呪詛は消えることなく、気配は濃厚になっていくだけだ。

確かに、今まで閑子の呪詛を祓おうと祓詞は幾度も口にしたが、うまくいかなかった。結月の身体に移せばあるいは、と考えていたが……。

涼は、知っている神道系の祓詞——三種祓詞《みくさの》、伊吹法、呪詛返しの秘言を試すが、結果は変わらなかった。

他にも試していくか。もしくは、呪詛の正体を見極める方がよいのか。

結月に呪詛を移した今、調べる時間は十分ある。涼は結月の向こうにある、閑子の身体を見やった。

痩せ細った死人のような身体。……今度は、あそこに結月が寝ることになる。

これもまた、涼が考えていたことだった。現状で呪詛を祓えなかった場合、閑子の身体を回復させるため、結月に呪詛を移して封じておく。その間に解決法を探すのだ。

非情な考えだとはわかっている。しかし閑子を助けるには、これしか――。涼が拳を強く握った時だ。

「涼さん」

哀しい声が、襖の向こうからした。

「涼さん、もうやめてちょうだい。お願いよ」

閑子の声だ。

涼は少なからず動揺した。

――なぜ、閑子が。

涼は、祓いを始める前に閑子の霊体を眠らせて、一階のある場所に隠しておいた。二階の客間に近づけさせれば、呪詛の影響を受けてしまうからだ。

眠らせて封じておいたから、閑子が自力でここに来られるはずがない。だとしたら……。

襖の方を呆然と見やる涼の耳に、閑子の切々とした声が届く。

「漣くんが私を見つけてくれたわ。そして、全部教えてくれたの。……私、何も知らずにいたのね。あなたにずっと、守られていたのね。ごめんなさい。あなたにすべてを背負わせて、気づけなくて、本当にごめんなさい」

「閑子……」

「お願いよ、涼さん。結月ちゃんを私の身代わりにするのはやめて。……大丈夫よ、きっと他に方法は見つかるわ。だからここを開けて」

「……駄目だ」

「涼さん！」

「私が、君を死なせたくないんだ。君に……生きて、側にいてほしいんだ……！」

「……」

涼の声は珍しく感情に揺れて、掠《かす》れていた。

閑子がはっと息を呑む音がした。やがて、震える声が響いてくる。

「私だって、死にたくはないわ。もっと、ずっと、しわくちゃのおばあちゃんになるまで、あなたの側にいたいわ。……でもね、涼さん。たとえ生きていても、悲しい思いを抱えたまま、あなたの側にいたくないの。結月ちゃんを犠牲にして助かったって、そんなの……そんなのちっとも、嬉しくないわ！」

ドンッ、と襖が鳴る。母さん、と漣が宥《なだ》める声が聞こえてきた。

結界を破ろうとしているのか。弱った身体から切り離された霊体で、無謀なことをするものだ。下手すると反動で霊体ごと掻き消えてしまう。

「閑子、やめなさい！」

「やめるもんですか！　涼さんのわからず屋！　おたんこなすっ!!　もうっ……一人で何でもかんでも背負って終わらせないで！　少しは私と漣くんを信用なさいっ」

ドンッ、とまた襖が鳴った。

びしりと一番外側の結界に罅《ひび》が入るのが分かる。これ以上は、閑子の霊体に影響が出る。涼は咄嗟《とっさ》に結界を解いた。

直後、襖がばんっと開く。そこには、怒り顔の閑子と漣が立っていた。

＊＊＊

父の途方にくれた顔を初めて見た。どんなときでも泰然自若《たいぜんじじゃく》としている涼が立ち上がり、狼狽《ろうばい》した表情で漣を見てくる。

「なんて、無茶なことを……」

「無茶苦茶なのは父さんの方だ。こうでもしないと、中には入れてくれないだろう？」

漣が強く言い返すと、涼は険しい顔でぐっと顎《あご》を引く。そんな涼に、宙を滑《すべ》るように近づいたのは閑子だった。

「もうっ、涼さんの馬鹿ばか、大馬鹿者っ！」

涼の胸に飛び込んで、ぽかぽかと両手で彼を叩く。もっとも霊体であるから、白い手は涼に触れること無く、するりと通り抜けてしまうだけだ。

痛みは無いだろうに、涼の目元は悲痛に歪められた。閑子が霊体だと今さら実感したのか、哀し気に目を伏せる。

……涼は、閑子にはとことん弱い。

閑子が涼の弱点だと、息子の漣には分かりきっていた。

――結界が破れないなら、中から開けるように仕向ければいい。涼が結界を解かざるを得ない状況を作ればいい。

そう考えた漣は一階に降りて、閑子を探した。

涼のことだ。呪詛から少しでも閑子を遠ざけるため、二階には居させないだろうと踏んだ。できるだけ遠く安全で、彼女の好きな場所――と考えれば、思い当たるのが台所とサンルームだった。台所は結月がよく出入りするから、隠すには不向きだ。ならばサンルームかと足を向けた。

案の定、サンルームは他の者が入れぬよう鍵が掛けられ、何かしらの術で閉じられていた。だが、二階の結界に比べれば弱い。漣は式神の助力の下、サンルームに何とか入り込んで、籐椅子で眠っていた母を起こした。

そして、すべてを話した。

五か月前に閑子が呪詛を掛けられたこと。衰弱していく中、呪詛の進行を遅らせるために身体から霊体を離したこと。二階に身体があること。記憶を涼が消したこと。……今まさに、涼が結月を利用して呪詛を祓おうとしていること。

正直、漣は閑子を起こしたものの、すべてを話すことは躊躇した。涼がしていることを閑子が知れば傷つくのは当然だ。母を傷付けたくはなくて、最初はただ二階に連れて行って涼に声を掛けてもらい、動揺させようと考えていた。

だが、学校にいる時間に漣が家にいることや、結月と涼の姿が無いことに閑子は異変を感じ取ったのだろう。真顔で問い質《ただ》されれば、はぐらかすこともできない。

どのみち、これ以上隠し通すことはできない。いずれはすべてを話さなくてはならないのだ。

覚悟を決めて漣が話し終えた時、さすがの閑子も色を失くし、呆然としていた。

だが、やがて赤い唇を強く嚙んで、「涼さんはどこ」と聞いたことも無いような低い声で言う。静かな怒りを感じ取り、漣の背中を冷や汗が伝った。

閑子を二階の客間の前まで連れて行った時には、廊下にいた式神の朧がぎょっとしていた。『奥方様、なぜここに』と焦りながらも道を阻もうとする朧に、閑子は

「お下がりなさい！」と一喝して下がらせた。さすが涼の妻である。

言葉で説得できればと思ったが、結局は閑子の力技となった。霊体で無茶に力を使うから、漣はひやりとしたものだ。

そして、ようやく客間に入れたが――。

涼の傍らで、結月は起きることなく横たわったままだ。呪詛の気配も消えていない。まだ、呪詛は祓われていないのだ。

「父さん」

呼びかけると、涼が漣の方を見た。

「どうなっているの？　結月さんは？」

「……」

涼は一度目線を落とした後、大祓詞や他の神道系の祓詞を試しても祓いが上手くいかなかったことを告げた。結月の手を見れば、いつか閑子の足にあったのと同じような赤黒い文字が浮き上がっている。本当に、呪詛を結月に移したのだと実感した。

目を閉ざしたまま動かない結月を見下ろした後、漣は涼に声を掛ける。

「父さん。結月さんの呪詛を僕に移して」

「漣！」

「漣くん⁉」

「依坐には僕がなる。できるでしょう？　母さんの血を引いて、霊媒の素質もある。結月さんよりも適しているはずだ」

じっと見据《みす》えると、涼はしばらく黙った後「ああ」とかすかに頷いた。

「涼さん！　漣くんも、そんなの駄目よ！　もともと私の身体にあったものなのでしょう？　だったら私に戻して——」

「母さんの身体は、もう呪詛には耐えられない。……僕だって、母さんが死ぬのは嫌なんだよ」

はっと涼と閑子が息を呑む。漣は淡々と言葉を続けた。

「最初からこうすればよかったんだ。結月さんを巻き込む前に、父さんは僕を使うべきだった」

漣はしっかりと涼を見据えた。

涼が漣を依坐に使わなかったのは、閑子の次に大事な息子——家族だからだ。閑子を守っていたように、涼は漣のことも守ってくれていた。

だが、だからといって結月を使うのは駄目だ。これ以上、家族の問題に他人を巻き込むべきではない。……いや、結月もとっくに天方家の一員であり、いなくてはならない存在だ。結月を騙して利用するくらいなら、漣が代わりになる。

「僕にだって覚悟はあるんだよ。母さんを助けるためなら、何だってしたんだ。最初から話してくれていれば、僕だって……」

「漣……」

「だっ……駄目よ、漣くん。子供を危険に晒してまで、助かりたい親がどこにいるものですか！」

閑子は強く反対するが、漣の心は決まっている。

漣は立ち尽くす涼を見つめて、頭を下げた。

「父さん……お願いします」

「……」

張り詰めた沈黙の中、涼は薄い唇を開く。

「……漣。不甲斐ない父で済まない。私と共に、閑子を助けてくれ。どうか、頼まれてくれないか」

絞り出すような声で言って、涼は深く頭を下げた。

それは、涼からの初めての頼みごとであった。

＊＊＊

「――旦那様……旦那様！　いらっしゃらないのですか⁉」

張り上げた声に、誰も答えることはない。

普通なら、こんな大声を出したら叱られるところだ。だが、結月の声は薄暗い廊下の向こうに吸い込まれ、ただ沈黙を返すだけだった。

結月は幾度も往復した廊下で、ついに立ち止まった。

静寂に満ちた家には、結月以外誰もいなかった。いるはずの涼や閑子を探したが、呼んでも答えてくれず、探しても見つからなかった。それどころか、何の気配も感じられない。不気味なくらい静かだった。

外に出ようとしたが扉も窓も開かず、縁側の外には透明な壁があるかのように、庭に降りることもできなかった。

どれくらい時間が経ったのだろう。居間の掛け時計の針は、十時五分を差したまま動かない。壊れているわけではなかった。〝ここ〟には時間が流れていないのだ。

今いる場所が現実ではないと、さすがに結月も気づいていた。

一体、何が起こっているのか。閑子は無事なのだろうか――。

答えてくれる者はおらず、結月は途方にくれて廊下に座り込んだ。

往生《おうじょう》する理由は、もう一つある。

「……」

結月が着物の右の袖《そで》をそっと上げると、白い腕が赤黒く染まっている。右手から広がった赤黒い文字が、前腕の中程まで広がっていた。

右手の感覚は鈍く、指先は思うように動かない。何より、身体の中で何かが蠢《うごめ》いて、少しずつ浸食されているような感覚が気持ち悪かった。

赤黒い文字――おそらくこれが、涼から聞いた話の中にあった、閑子の呪詛なのだろう。閑子に触れたことで、何かしら影響があったのかもしれない。

そこまでは分かったのだが、なぜ自分がこの奇妙な場所にいるのか、どうやったらここから出られるのかが分からない。

不安が増すのは、ここに自分が一人きりだからだろうか。

一人でいることには慣れているはずなのに、ひどく心細くて、寂しい。

まるで、母を亡くした時のようだ。この世に一人だけ残されて、誰にも頼れない不安と、理解してもらえない苦しさを抱えたあの時のように。

「っ……」

結月は腕を押さえて、ぎゅっと目を瞑《つむ》った。駄目だ。ここで蹲《うずくま》っていても、誰か助けてくれるわけではない。

それに――そう、自分は閑子を助けるためにここにいるのだ。閑子の過去の記憶を見て、呪詛を解く手掛かりを摑《つか》むために。

そして結月は、手掛かりのありそうな場所をすでに見つけていた。

それは、家の中で唯一入ることのできなかった二階の客間だ。

涼を探しに真っ先に二階に向かった際、客間の襖は閉ざされていた。襖を開けようとすると全身が怖気《おぞけ》立ち、ここに入ってはならないと本能的に危険を感じ取って、どうしても入れなかったのだ。

おそらく、あそこに何かあるのだろう。

結月は意を決して立ち上がり、おそるおそる階段を上がった。

二階の廊下、白い襖が見えると、再び背筋がぞっと寒くなった。

襖の隙間から、赤黒い靄《もや》のようなものが蠢いているのが見えてしまった。入ってはいけないと頭の奥でがんがんと警鐘が鳴るものの、客間の前に立つ。

震える左手を取っ手に掛けて、襖を開こうとした時だった。

「――結月さん！」

後ろから、誰かが結月の肩を摑んだ。

ぱっと振り向くと、学生服の少年――漣が焦った表情で結月の肩を摑んでいる。

「……漣さん？　どうしてここに？　学校は……」

思わず尋ねる結月に、漣はきょとんと目を瞬かせた後、眉根を寄せた。

「今、そんなこと聞いている場合じゃないでしょ」

「す、すみません」

「別に謝ることじゃ……ああ、違うんだ、そうじゃなくて」

漣は空いた手で頭を押さえて、大きく息を吐き出した。そして、結月の右手――赤黒く染まった指先を見て、眉間《みけん》の皺《しわ》を深くする。

「……ごめん、結月さん」

「え？」

「父さんの代わりに、まずは謝らせてくれないか。後でもちろん、父さんからも謝罪させる」

「あ、あの、どういうことですか？」

戸惑う結月に、漣は静かに話し始めた。


「……そうだったんですね」

涼が、閑子の依坐として結月を利用しようとした。

漣から話を聞いた結月は特別に驚きもせず、怒りも湧かなかった。

ただ、少し悲しかっただけだ。利用されたことよりも、涼が結月に最初から話してくれなかったことの方が悲しい。信用されていなかったのかと目線を落とす結月に、漣が再度謝った。

「本当にごめん。結月さんを危険な目に遭わせて……」

すまなそうに謝った漣に、結月は首を横に振る。

「いいえ、違うんです。私、依坐になることは構いません。私の母も巫女でそういうことは慣れていましたし、私だったらきっと大丈夫です。奥様が助かるのなら、私、依坐になります」

結月が言うと、漣はどこか痛みを堪《こら》えるように顔を顰《しか》める。

「あなたは……下手したら、母さんみたいになる可能性だってあるんだ。死んでしまうかもしれない。それであなたはいいの？」

「……私は」

漣に詰め寄られた結月は、そっと苦笑した。

「はい、構いません。私がいなくなっても、悲しむ者もおりませんから」

唯一の家族だった母は、もういない。身寄りも行く当ても、今の結月には無いのだ。この天方家以外に結月の居場所は無い。ならば、少しでも天方家の役に立ちたかった。

「だからきっと、私が適役なのだと……」

「本気で言ってるの？」

硬い声が結月の言葉を遮った。

漣が眉間の皺を深くして結月を見つめている。怒って、いや、どちらかというと泣くのを堪えるような悲しげな顔に、結月ははっとした。

「あなたは、本当にそう思っているの？　あなたが死んでも、誰も悲しまないって。……そんなわけないだろう。あなたが身代わりになったと知った母さんが、どれほど傷付いたか知ってるかい？　四号も一号も、あなたを助けようと無茶をしたんだよ。それに僕だって……」

「漣さん……」

漣の言葉に、結月は胸を突かれた。

まさか、漣にそんなことを言われるとは思っていなかった。驚く一方で、じわりと胸が温かくなる。

「母さんがいなくなるのも嫌だけど、あなたがいなくなるのも嫌なんだ。だから」

漣は、結月の右手を強く摑んだ。赤黒く染まった右手を。

「僕が、呪詛を引き受ける」

「っ、な……駄目です‼　そんなことっ……」

結月は漣の手を振り払おうとしたが、強く握られた手は離れない。

「今、父さんが呪詛をあなたから僕に移しているところだ。そのために、僕はここにいる」

依坐としての適性は結月の方が高く、漣に移すことは難しかった。低い位置にある水を高い位置に移すようなものだ。

そこで、涼は結月を眠らせたように漣を眠らせた。夢の中で、漣が直接結月の意識と接触することで、呪詛を移しやすくするために。

漣の手に少しずつ赤黒い文字が移っていくのが見えて、結月は焦った。

「駄目です！　漣さん、手を離して下さいっ!!」

しかし漣は静かな――涼によく似た穏やかな眼差しで結月を見返しただけで、手を離そうとしない。

このままでは、漣に呪詛が移ってしまう。焦った結月の目の端に、白い襖が映る。

呪詛の手掛かり……漣に移る前に、探さねば。閑子を、漣を……涼を。天方家の皆を助けなければ。

結月は恐れも忘れて、左手で襖の取っ手を摑んで開け放った。

『どうか、天方先生にお渡し下さい――』

青ざめ怯《おび》えきった様子の女性。綺麗な寄木細工の箱。

家の門を通った時、ぱきんと音が鳴る。箱が開いている。

箱の中は空だった。右足にちくりと何かが刺さる。

赤黒い小さな虫。地を這うそれは、蜈蚣《むかで》のようだ。

見慣れた玄関ポーチが、揺れて、回転して――。


「っ……」

今しがた見えた映像。

あれがきっと、閑子が呪詛に掛かった時のものだ。呪詛の正体は蜈蚣なのだろうか。

呪詛の手がかりを摑んだのはいいが、これからどうすればいいのだろう。

開いた襖の向こう、客間は赤黒い靄に覆われていた。靄の中に見えるのは、横たわる二人の人影――漣と結月だ。傍らには涼も座っている。

あちら側が、きっと現実の世界……結月と漣の身体がある場所なのだ。

結月の周りを覆う一段と濃い靄が、少しずつ漣に移っていた。この靄は呪詛なのか。

漣に呪詛を移らせてはいけない。結月が客間に踏み込もうとした時、ふと、黒い靄の一部が晴れていることに気づいた。

ぽかりと空いた中心にあるのは、結月の身体の枕元にある小さな弓だ。ぼやけた世界の中で、それだけが明確な輪郭を持っていた。

——お母さんの、梓弓。


『結月、これは〝おまじない〟よ』

幼い結月を膝に乗せながら、母が弓に張った弦を引く。

『弦を鳴らす音は、悪いものを追い払うの』

懐かしい声が蘇《よみがえ》る。

いつの間にか、白い着物に縹色《はなだいろ》の袴をつけた女性が結月の枕元に立っていた。

ほっそりとした手で弓を拾い上げる。

閑子ではない。長い黒髪を後ろで一つに結わえた女性は、凛とした佇《たたず》まいをしていた。大きな奥二重の目で、優しげに結月を見つめていた。

よく知った顔だった。自分と似た顔立ち……いや、結月が彼女に似ているのだ。

結月を見て微笑んだ後、女性はすっと表情を改める。あれは、神事の時の顔だった。

「この弦の音が、あなたを守るわ」

細い指が弦を引く。きりきりと引き絞り、狙うのは靄の中心だ。

「ひゆみよいむね、こともちらちね、しきるゆいとは、そはたまくめか――」

澄んだ強い声と共に、女性は――結月の母は、弦を離す。

びぃん、と弦の高い音がした。さらに笛のような音が響いて、靄が吹き飛ぶ。直後、何かの悲鳴が聞こえて――。

＊＊＊

息を吸った途端、肺が痛んで噎《む》せた。

まるで深い水底から上がってきた時のように息苦しくて、身体が重い。強い眩暈《めまい》に襲われて、視界が回った。自分が今どこにいるのかわからなくなる。何とか息を吸う結月の視界に影がかかった。

「結月ちゃん、大丈夫⁉」

「……おく、さま……」

閑子だ。霊体の閑子が、結月の顔を覗《のぞ》き込んでいる。同じく、傍らに座った涼も不安げにこちらを見下ろしていた。

呼吸が少し落ち着いてようやく眩暈が治まった後、辺りを見回した。自分が客間の一角、白い布の上に寝かされていることを知る。隣には、同じように漣が寝かされていた。右手が、彼の左手と繋がれている。手首には何か文字を書かれた布が巻かれて固定されていた。

そうだ、呪詛を移すと言っていた。早く離さなくてはと手を動かすと、結月の動きで気づいたのか、涼が布を解いた。

「すまなかった、結月くん。私は君を利用して……」

謝罪する涼に結月は小さく首を横に振った後、口を開く。

「母の、弓が……」

「……ああ」

涼が、膝に置いたものを差し出した。梓弓だ。弓に張っていた弦が真っ二つに切れて、ぼろぼろになっている。

涼は静かに話し始めた。

――結月が目覚める少し前のことだった。

枕元に置かれた弓が、急に震え始めた。弦はぶるぶると震え、そうしてひときわ激しく高い音が鳴った。さらには、ひょうっと笛のような音が聞こえた直後、弦がひとりでに切れたのだという。

「……」

偶然ではないだろう。結月が見た夢の中でも、亡くなった母が弦を鳴らしていた。

あの世から戻ってきたのか。それとも、結月の側にずっといたのだろうか。結月を守るために現れた母は弓を鳴らし、引き換えに弦は力を使い果たして切れたのだろう。

「お母さん……」

母が来てくれたことへの嬉しさと同時に、ぽかりと胸に空いた喪失感に涙が溢《あふ》れた。弓を抱きしめて嗚咽《おえつ》を零す結月の背を、閑子がそっと撫でる。

結月は鼻を啜《すす》り、気を落ち着かせた。母が唱えていた言葉を涼に伝えると、顎下に指先を当てて考え込む。

「ひふみ祓詞に似ているが……たしか、蟇目《ひきめ》神事で使われる神言《しんごん》だ」

蟇目神事は、魔を除き圧伏《あっぷく》する神事だ。

鏑《かぶら》矢《や》を用い、矢じりの後ろに着ける鏑に穴を数か所開けておき、射ることで穴に風が入って鳴音《めいおん》を発する。その音に魔を祓う霊力があり、さらには弦も鳴らす――鳴弦をすることで相乗効果がある。

『蟇目』と呼ぶのは、鏑の部分が蟇蛙《ひきがえる》の目に似ているからとも、響き目が転訛《てんか》したものともいわれている。蟇目の矢が飛んでいく音が蟇蛙の鳴く声によく似ており、蟇蛙は夜でも虫を捕らえることができるという神秘的な要素が結びついて、この神事ができたそうだ。

そのせいか、と涼は呟いた。

「呪詛のほとんどが、あの弦の音の後に消えたんだよ」

鳴弦の後、清浄な気が室内の邪気を吹き飛ばした。

たしかに、結月の手を覆っていた赤黒い文字は消えている。だが、漣の手に移った分の呪詛はまだ残っているようだ。手の甲が染まっている。だが、母の形見であった弦は切れて、もう鳴弦は使えそうにない。

ならばと、結月は先ほど見た夢の、呪詛の手がかりを口にする。

「旦那様、蜈蚣です。奥様が箱を開いたら、中から蜈蚣が……」

「蜈蚣……？　……ああ、そうか！　だから蟇目が効いたのか！」

涼は興奮したように言うが、結月は意味が分からずに目を瞬かせる。そんな中、隣では漣が目覚めようとしていた。

＊＊＊

六月に入り、雨の日が増えた。梅雨の到来である。

束の間の晴れの日に天方家を訪れたのは、大きな風呂敷包みを背負った紙子吉弥《かみこきちや》だ。

「どうもー、紙屋ですー」
「いらっしゃいませ、ようこそお越し下さいました」

玄関の上がり框に膝をついて結月が迎えると、吉弥はにこーっと笑う。

「うん、いやあ、前掛け姿もいいですねぇ。若奥様みたいで」
「え？　あの、ええと……」

戸惑う結月をよそに、吉弥はうんうんと一人頷く。そんな吉弥に呆れた目線を寄こしたのは、結月の後ろに立っている漣だ。

「変なこと言ってないで、さっさと注文の品寄こしてよ」
「おや、坊ちゃん。せっかく配達に来てあげたってぇのに、その言い草はひどいじゃないですか」
「『退院祝いついでに持っていきます』と言ったのはあなたの方じゃないか」

素っ気なく返す漣に「かわいくないですねぇ」と言いながらも、吉弥は背負った包みを降ろした。風呂敷の中には大きな行李《こうり》があり、中にはいつも涼が注文する護符用の紙がたくさん詰まっていた。

「花紙の方はよかったんで？」

「ええ。しばらくはそんなに必要ないから」

「そりゃあ良いことで。あ、でも紙屋《うち》としては儲けが少なくなって残念ですねぇ」

冗談めかしながら草履《ぞうり》を脱ごうとする吉弥を、漣が「何勝手に上がろうとしてるんです」と咎める。

「もちろん奥方のお見舞いですよぉ。ね？　いいですよね、お嬢さん」

「はい、どうぞお上がり下さい」

「何言ってるの、駄目だよ。母はまだ療養中なんだ。人には会わな――」

「まあまあ、吉弥くんじゃないの。いらっしゃい！」

漣の言葉を遮って、賑やかな声が廊下に響いた。台所から顔を出し、駆け寄ってきたのは閑子だ。潑溂《はつらつ》とした笑みを見せている。

「久しぶりねぇ、元気にしてた？」

「ええ、奥方もお元気そうで。退院おめで……って、何か浮いてません？」

吉弥は細い目を開いて閑子を見る。

足元が透けて、宙に浮いた霊体の閑子を。

「……奥方、呪詛は解けたはずじゃあ？」

んん？　と首をひねる吉弥に、結月は漣と顔を見合わせて苦笑した。

閑子に掛かっていた呪詛の手掛かりが蜈蚣と聞いた涼は、まず使い鳥を出した。行く先は、山口に棲《す》む大蝦蟇《おおがま》の周防《すおう》のところだ。

はたして三日後、天方家の庭に突如大きな虹の橋が架かった。庭に現れたのは、子牛ほどの大きさの大蝦蟇――周防だ。丁重に礼を言う涼に、周防は鷹揚《おうよう》に笑う。

『なぁに、天方殿の頼みであればお安い御用よ』

そう言って、周防は漣の手に残った呪詛をぱくりと食べてしまった。

――蜈蚣の天敵は、蝦蟇。

呪詛の正体は蜈蚣……おそらく蠱毒《こどく》の一種、蜈蚣蠱と涼は考えた。古い中国の書物『本草綱目《ほんぞうこうもく》』には『蜈蚣蠱は蝦蟇蠱で治療できる』とある。この蝦蟇蠱は、蛙の魂が変じて生まれるものだという。長く生きて妖となった蝦蟇の周防のこととともとれる。また、長い時を生きてきた大妖怪の周防にとって、人間が作った呪詛など児戯《じぎ》に過ぎず、涼の考え通りに呪詛は跡形も無く消え去った。

念のため、一緒に結月も見てもらったが、呪詛は残っていなかった。あの夢の中で行われた蟇目神事――これもまた、蟇蛙の霊力にあやかった神事である――によって、綺麗に祓われたようだ。

おまけに、結月は前に周防から貰った大蝦蟇の秘薬を、週に一度は水仕事で荒れた手に塗り込んでいた。そのおかげで、蝦蟇の霊力を授かっていたのだ。

大蝦蟇の庇護を受けていた結月が、蜈蚣蠱の呪詛を受けることで呪詛自体が弱まり、さらに漣に分散したところで、蜈蚣にいっとう効果的な蟇目神事が行われた。幾つもの偶然が重なったことで、強力な呪詛を祓うことができたのだ。

こうして無事に、天方家を苛《さいな》んでいた呪詛は無くなった。

もっとも、呪詛を行った犯人は分からずじまいだ。結月が見た映像に出てきた、呪詛の箱を持った女性の様子から、おそらくは呪詛者本人ではないと涼は判断している。

涼の結界の一部を破った強力な呪詛、蠱毒。はるか昔に禁じられた呪法を操る犯人の正体は知れないが、今回、蟇目神事で祓って呪詛返しをしたことで、相手には相応の報いがあったことだろう。

呪詛返しで倒れたか、あるいはよりいっそう、天方家への恨みを募らせたか。知ることはかなわないが、涼は家の護りを強化するため、護符用の紙を大量に発注した。それを吉弥が見舞いついでに配達に来たわけである。

見舞いされる当人の閑子といえば、五か月もの間寝たきりで、ほとんど食事もとれなかった身体は衰弱がひどかった。

閑子は病院で検査を受け、入院することになった。点滴を受け続け、重湯からようやく粥を食べられるようになり、退院許可が下りたのがつい先日だ。もっとも、痩せ細って体力が無いうえに筋力も落ちており、今はまだ一人で歩くこともできない状況である。

そのせいなのだろう。

「だって、あの身体だと全然動けないんですもの」

閑子は、ちょくちょく霊体となって身体から抜け出していた。

五か月間も霊体で自由に過ごしていたせいか、自力で起きるのも難しい肉体が、どうにも不便でならないらしい。涼や漣から『魂が肉体に定着しなくなる』と苦言を受けているものの、闊達《かったつ》な閑子は、昼の時間帯は霊体となって家の中をうろうろしていることが多い。

訳を聞いた吉弥は「奥方らしいことで」と苦笑いした。

応接間に通された吉弥から、見舞いの品のカステラを見せられた閑子は嬉しそうだ。

「うふふ、カステラなんて久しぶりだわ。あ……でも私、食べられるかしら」

不安そうな閑子に、代わりにカステラの箱を受け取った結月が提案する。

「牛乳で少しふやかしてはどうでしょうか？　前に教えて頂いたパン粥みたいにすれば、消化にもよいかと……それに、カステラは滋養によいと聞きました」

「そうよね！　じゃあ、さっそく今日の夜にでも頂きましょう」

閑子と結月がやり取りしているのを、吉弥は目の保養というように顔をにやけさせて眺めている。やがて、ふと思い出したように漣に尋ねた。

「そういや……天方先生はどうしたんです？　今日は不在ですか？」

「ああ、父さんなら……」

漣がちらりと応接間の扉を見やった。開いた扉の向こうから顔を見せたのは涼だ。

「やあ。いらっしゃい、吉弥くん」

「ご無沙汰しております、天方先生」

にこやかに挨拶はするものの、涼は廊下に佇んだまま、いっこうに室内に入ってこない。首を傾げる吉弥に、説明したのは漣だった。

「今、父さんには接近禁止令が出ているんだよ」

「へ？　禁止令ですかい」

「母さんの半径二メートル以内に近づいてはいけないんだ」

「そりゃあまた……面白そうなことをしていますねぇ」

感心したような、呆れたような口調で吉弥が言うと、機嫌のよかった閑子がぷくっと頬を膨らませた。

「面白くなんかないのよ、吉弥くん！　涼さんってば、もう、ひどいんだから！」

ぷんぷんと怒る閑子に、涼はただすまなそうに肩を落としている。

「……いったい、何があったんです？　お嬢さん」

呆気にとられる吉弥に、この禁止令が出る発端になってしまった結月は、ただただ困ったように眉尻を下げた。

――涼が結月を利用して身代わりにしたことを、閑子も漣もまだ許してはいない。

さらに、呪詛を祓った弓と弦が結月の母の形見だと知った閑子は激怒した。呪詛を祓う代わりに切れてしまった弦は、あの後すぐにぼろぼろと崩れて小さな塵《ちり》となってしまったのだ。

結月自身、形見を失った寂しさはあったものの、閑子を助けることができたからよかったと思っていた。

だが、閑子は形見の一つを失わせてしまったことを結月に謝罪した。

『あなたと、あなたのお母さんの、大切な物を壊してしまって……本当にごめんなさい』

そうして、原因を作った涼に閑子は怒り、涼に説教したのち「しばらくは顔も見たくありません！」と言い放ったのだ。

おかげでここしばらく、閑子と涼は近づくどころか、まともに会話もしていない。涼は相当応《こた》えているが、さすがに今回の件は反省しているようで律義に距離を保っている。

漣もまた「父さんの自業自得だよ」と冷ややかだが、結月としては早く仲直りしてほしいのが本心だ。二人の仲睦《なかむつ》まじい姿を知っている分、仲違《なかたが》いしているのは悲しい。

閑子だって涼の前では強気でいるが、一人でいる時に寂しそうなのだ。

「……」

結月は持っていたカステラの箱を抱き「あのっ」と声を上げた。

「旦那様、紙子さんからカステラを頂きました。甘いものお好きですよね？　今切り分けて参りますので、その、み……皆で、お茶にしませんか！」

思い切って大きな声で言うと、視線が結月に集中する。呆気にとられた様子の天方一家に対し、吹き出したのは吉弥だ。

「ぶ、くふふっ……！　そりゃあいい案ですねぇ、お嬢さん。是非とも頂きたいです」

視線を浴びた結月は頬を赤くしながらも「それでは用意して参ります！」と急いで応接間を出る。

天方家の中で最初に我に返ったのは漣で、小さく溜息を吐《つ》いた。

「……手伝ってくる」

と言って、閑子と涼を横目でちらりと見ながら部屋を出て行った。

「……」

「……」

残されて見つめ合う天方夫妻は、やがてどちらからともなく苦笑を零す。

「……結月ちゃんに気を遣わせてしまうなんて。駄目ね、私ったら」

「いや、そもそも私が結月くんに……どう詫びればいいだろうか」

強張っていた空気が緩み、吉弥がやれやれと頬杖をついた。

「ほんと、いい女中さんを雇ったもんですねぇ。うちに来てもらいたいくらいですよ。いやもういっそお嫁さんに来てくれれば――」

「それは駄目よ」

「君の所にはやれないな」

吉弥の冗談に、夫妻はさっそく息の合った返しをするのだった。

終章

　六月も半ばになると、雨の肌寒さの中に蒸し暑さを感じるようになる。夏至《げし》を過ぎれば、夏の盛りへと向かって暑さは日に日に増していくことだろう。

　いつものように早くに起きて身支度を整えた結月《ゆづき》は、専用寝床で眠ったままの四号を起こさないよう、そっと台所に向かった。

　今朝の台所には、まだ誰もいない。結月は米を洗い、釜に洗った米と水を入れて浸しておいた。次に味噌汁をと、かつお節と削り器を出したところで、誰かが台所に急いで入ってくる。

「おはよう結月ちゃん！　ごめんなさい、寝坊したわ！」

「奥様」

　ふわふわと宙に浮きながら両手を合わせて謝る霊体《れいたい》の閑子《しずこ》に、結月は「おはようございます」と挨拶をする。

「奥様、まだ寝ていらして大丈夫ですよ。せっかく最近、眠れるようになったと仰《おっしゃ》っていたのですから」

　霊体の時はほとんど眠っていなかった閑子だったが、ようやく肉体にいることに慣れ、近頃は夜にちゃんと眠れるようになったという。

　ならばしっかり寝て療養してほしいと結月は思っているのだが、閑子は習慣となった炊事仕事をしたいようだ。

「だって、昼間もほとんど寝ているのだし、少しは身体を動かさないと鈍《なま》ってしまうわ」

　実際に動いているのは身体ではなく霊体なのだが、いいのだろうか。結月は疑問に思いつつも、自身も閑子との朝食作りがすでに日課となっていたし、一緒の方がやはり嬉しい。

　二人で並んで、味噌汁とおかずを作りながら話す。

「そうだわ。今日、先日頂いた杏《あんず》でジャミを作ろうと思うの」

「じゃみ……ですか?」

「ええ、ジャミはね、果物に砂糖を入れて甘く煮詰めたものよ。パンに塗って食べると美味しいの。ドーナツにちょこっと付けても、甘酸っぱくて美味しいのよ。……ふふ、これから夏に向けて、美味しいものがたくさん出てくるわ。さくらんぼでしょ、夏ミカンでしょ、お茄子《なす》にとうもろこし、大葉にみょうが、それにイカやスズキや、鮎、鱧《はも》もいいわねぇ……あっ、水饅頭《みずまんじゅう》やアイスクリンも！　結月ちゃん、アイスクリンは食べたことある？　美味しいお店を知っているの。一緒に食べに行きましょうね」

閑子は食道楽でもあるようで、旬の物を次々と述べていく。

霊体の時は食べられなかったせいもあるのだろう、身体に戻り、食事を少しずつでも取れるようになったことが嬉しいようだ。

今日は魚屋を覗《のぞ》いて、新鮮な魚があれば買ってこよう。涼《りょう》と漣《れん》には刺身か洗いで、閑子には柔らかく蒸し物にしようか。今日も蒸し暑くなりそうだから、付け合わせには大葉や梅を使った、さっぱりした物がよいだろうか……。

朝食を作りながら、夕食のことを考える。天方《あまがた》家に来た頃には覚えることばかりで、到底できなかったことだ。炊事に慣れ、女中として成長できていることが嬉しい。これから、季節の物を閑子と一緒に料理して、味わうことができるのも楽しみだ。

結月は閑子の隣で頬《ほほ》を緩ませながら、味噌汁に入れる若布《わかめ》を切った。

「――漣さん、お弁当です。こちらの包みはおにぎりです」

「ありがとう」

学校に行く漣に、結月は風呂敷に包んだ包みを渡す。受け取った漣は、ふと結月に尋ねてきた。

「あのさ……あなたは洋服の裾《すそ》直しとかできる？」

「え？　は、はい」

「夏用のズボンが、裾が短くなってて。直してほしいんだけど」

「はい、わかりました」

頷いて、結月は気づいた。今まで同じくらいの目線だったのに、漣の方が少し高くなっている。考えてみれば、彼は成長期真っ只中の少年なのだ。きっとこれから、どんどん大きくなっていくのだろう。

いつか、涼のように背が高く、立派な若者になるに違いない。喜ばしい反面、どこか寂しく感じるのは、巣立っていく雛を見守るような心持ちのせいか。……自分に弟がいたとしたら、こんな感じだったのだろうか。

「……これからどんどん、大きくなりますね」

微笑《ほほえ》ましくなって思わず漣に言うと、彼はきょとんとした後、なぜか顔を顰めて背を向けた。

「……いってきます」

「あ……いってらっしゃいませ！」

早足で玄関を出る漣を、結月は内心で首を傾《かし》げつつ見送った。

そんな結月の背後では、台所からそっと顔を出した閑子と涼が、しっかりと二人のやり取りを見ていた。

「あらあら……あの様子だと、結月ちゃん、漣くんのことを弟みたいにしか思っていないわねぇ」

「うん。そうだね」

「……ねえ、涼さん。私、結月ちゃんにお嫁さんに来てもらいたいと思っているのだけど」

「それはとてもいい考えだ」

「そうよね！　……いつか、この家が、あの子の本当のおうちになればって、そう思うの」

身寄りも帰る場所も無いと言っていた結月が、いつか天方家の皆を、本当の家族と思ってくれたのなら――。

閑子は決意を固めるように、ぐっと握り拳を作る。

「私、頑張るわ！　結月ちゃんに頼られる奥様になってみせるわ！」

「うん。けれどその前に、閑子はまず身体に戻って養生しようか」

「あ……」

「二人の結婚式に、霊体のままで参加するわけにもいかないだろう?」

「まあ！　うふふ、案外気が早いのね、涼さんってば」

ひそひそと話す二人に、結月は気配で気づいたらしく振り返った。

「旦那様、奥様。どうされましたか?」

ぱたぱたと駆け寄ってくる結月に、二人は同時に首を横に振って「何でもない」

と視線を交わしながら答えた。

エブリスタ
国内最大級の小説投稿サイト。

小説を書きたい人と読みたい人が出会うプラットフォームとして、これまでに200万点以上の作品を配信する。

大手出版社との協業による文芸賞の開催など、ジャンルを問わず多くの新人作家の発掘・プロデュースをおこなっている。

https://estar.jp

この作品は、小説投稿サイト「エブリスタ」の投稿作品「天方家の女中さん」を改題の上、大幅な加筆・修正を加えたものです。

著者紹介

黒崎リク（くろさき　りく）

長崎生まれ、宮崎育ちの九州人。第4回ネット小説大賞を受賞し、2017年に『白いしっぽと私の日常』（ぽにきゃんBOOKS）でデビュー。第6回の同賞にて、『帝都メルヒェン探偵録』（宝島社文庫）でグランプリを受賞。その他の著書に、『呪禁師は陰陽師が嫌い』（宝島社文庫）がある。

PHP文芸文庫　天方家《あまがたけ》女中のふしぎ暦《こよみ》

2022年5月23日　第1版第1刷

著　者　黒　崎　リ　ク
発行者　永　田　貴　之
発行所　株式会社PHP研究所
東京本部　〒135-8137　江東区豊洲5-6-52
第三制作部　☎03-3520-9620（編集）
普及部　☎03-3520-9630（販売）
京都本部　〒601-8411　京都市南区西九条北ノ内町11
PHP INTERFACE　https://www.php.co.jp/
組　版　有限会社エヴリ・シンク
印刷所　図書印刷株式会社
製本所　東京美術紙工協業組合

ISBN978-4-569-90211-1

PHP文芸文庫

うちの神様知りませんか？

市宮早記　著

なぜか神様が失踪してしまった神社を舞台に、その神様の行方を追いながら、妖狐×女子大生×狛犬が織りなす、感動の青春物語。

PHP文芸文庫

天国へのドレス

早月葬儀社被服部の奇跡

来栖千依　著

故人と遺族の願いを聴いて、人生最期に着る服を作る――フューネラルデザイナーの女性と葬儀社の青年が贈る、優しい別れの物語。

PHP文芸文庫

鵜野森町《うのもりちょう》あやかし奇譚

猫又之章

あきみずいつき 著

高校生の夢路が拾った猫は猫又？ 情緒あふれる不思議な町であやかしたちが起こす騒動を通して、少年少女の葛藤と成長を描く感動の物語。

PHP文芸文庫

午前3時33分、魔法道具店ポラリス営業中

藤まる 著

相手の心を読めてしまう少女と、自分の心が他人に伝わってしまう少年。二人が営む不思議な骨董店を舞台にした感動の現代ファンタジー。

PHP文芸文庫

すべての神様の十月

小路幸也 著

貧乏神、福の神、疫病神……。人間の姿をした神様があなたの側に⁉　八百万の神々とのささやかな関わりと小さな奇跡を描いた連作短篇集。

PHP文芸文庫

すべての神様の十月（二）

小路幸也 著

あなたの周りにあるちょっとした奇跡、それは神様たちの仕業かも？　八百万の神と人間たちとの交流を描く、心温まる連作短篇集第二弾！